光文社文庫

文庫書下ろし

編集者ぶたぶた

矢崎存美《ありみ》

光　文　社

この作品は光文社文庫のために書下ろされました。

目次

書店まわりの日

『こんばんはー』

ポーンという通知音《つうちおん》とともに、パソコンのウィンドウに担当《たんとう》編集者・山崎《やまざき》の顔が映し出される。

『伊勢《いせ》さん、ネーム拝見《はいけん》しましたよ。今回も面白《おもしろ》いです』

鼻がもくもくっと動いてそんなことを言う。

「ありがとうございます」

千草《ちぐさ》はほっとため息をつく。いつもこの瞬間は緊張する。マンガのコマ割《わ》りや構図《こうず》、キャラクターのセリフなどを大まかに記しておく「ネーム」と呼ばれるものは、いわばマンガの設計図《せっけいず》だ。これがちゃんとできていれば、描《か》くのがすごく楽になる。でも——。

『気になる点は一つだけです——』

その言葉にまた少し緊張するが、そんな深刻《しんこく》なものではなかった。互《たが》いにネームを確認しつつ、問題点を話し合う。やはり展開が地味《じみ》すぎたか。

『ラストの着地点《ちゃくちてん》はとてもいいと思います。ここと前半の地味さのバランスが悪いので、せっかくだからもっとラストが盛り上がるようにしませんか？』

「ラストをこれ以上盛り上げるのは――」

それはちょっと余計《よけい》なつけ足《た》しに思える。

『ラストじゃなくて、たとえば前半にちょっとした伏線《ふくせん》を入れるとか』

「あ、そういうことですか。だったら――」

思いついたアイデアを言ってみると、

『あ、いいですね。それなら前半も後半も盛り上がりそうです』

ネームの打ち合わせはあっさり終わり、そのあとは雑談《ざつだん》、と思ったら、

『インタビュー取材をしたいというネットニュースの方が連絡してきましたよ』

「ええっ、インタビュー⁉」

『どうしますか？』

「ど、どうしたらいいでしょう……？」

『じかに会うとなると、多分写真撮影《さつえい》なんかもありますね』

「それは……顔出しＮＧにはできるんですか？」

『できると思いますよ』

そうなんだ……。でも、問題はそれではない。「会って話す」ということの敷居《しきい》が、千草には高いのだ。

『もしお忙《いそが》しいなら、メールインタビューにしてもらいますか？』

ああ、質問を送ってもらって、その答えをインタビュー風に構成してもらうというやつ……。

「それでもいいですか？」

『訊《き》いてみますね。多分大丈夫だと思います』

それを聞いてほっとする。

「すみません、わがまま言って……」

やはり顔出しの方が宣伝《せんでん》になるのだろうか。

『いえいえ、メールインタビューは今多いと思いますよ』

千草もそうは思うが、少し罪悪感《ざいあくかん》が残る。でも、どうしても人と会うことが苦手なのだ。

『では、先方《せんぽう》にはそう伝えておきますね』

「ありがとうございます」

『じゃあ、よろしくお願いします』

「はい、失礼します」

通話が切れた。千草は大きくため息をつく。

対人恐怖症《たいじんきょうふしょう》気味の千草は、人と会うのも話すのも苦手だ。たとえそれが見えない相手であっても。

人と会って話すことを考えるだけでも大汗をかき、緊張し、心臓がドキドキしてくる。会ってもそんな状態になり、しばらくすると症状は治《おさ》まるが、そのあとひどく疲《つか》れてしまい、何もする気が起きなくなってしまう。

担当編集の山崎とは、まだ電話とスカイプでしか話したことがない。本当はこれら二つも苦手で、できれば避けたいのだが、なぜか最近はスカイプでばかり話している。それほど緊張もせず、家族と同じような感じでいろいろ話せる。

それは、彼の声や話し方のせいだろうか。渋《しぶ》い中年男性の声で、とても心地よい。穏《おだ》やかで、こっちが言葉が出なくても、静かに待っていてくれる。沈黙に勝手にプレッシャーを感じるのが常《つね》なのに、それがない。

それとも、やっぱりあのぬいぐるみがかわいいから？

スカイプで通話する時、彼はいつもぶたのぬいぐるみを画面に表示している。確かめたことはないが、彼はそれを下で動かしているのだろう。しかし、手に何か持ったりできるし、声とリアクションもぴったりで、すごく表情があって、まったく違和感《いわかん》がないのだ。いつも、すごいなー、器用《きよう》だなー、と思っている。しかも見ているだけで面白いしかわいい。どうしてそんなことをしているのかは、まだわからないのだが、おそらく千草を気遣ってやってくれているのだろう。対人恐怖症気味であることは、特に言ってはいないが。


千草は今、大手出版社が立ち上げた新しいウェブマンガ雑誌で連載《れんさい》をしている。最初に山崎から「連載を頼《たの》みたい」とメールが来た時は「嘘《うそ》でしょ⁉」と思った。こんなあたしのこと、憶《おぼ》えてる人なんていたの？

千草は少女マンガ家としてデビューしたもののあまりパッとしないまま連載が打ち切りになり、以降読み切りや描き下ろしの仕事などをしていたが、いつの間にかそれも途《と》絶《だ》え、以来バイトに明け暮れる毎日を送っていた。もうデビューして十年……すでに三《み》十路《そじ》に突入している。

対人恐怖症なのにバイト？　と思われるかもしれないが、千草の場合、あくまでも「気味」だ。病院で診断されたわけでもない。千草はとにかく、自分の気持ちを外に表すことが苦手なのだ。そのかわりに、マンガを描くようになったのだと思う。

人とあまり接しない仕事であれば、ちゃんと働ける。当《あ》たり障《さわ》りのない会話なら、疲れるけれど波風が立たない程度にはできる。だから、フルタイムで勤《つと》めることはできるかもしれない。でもそうすると、普段の生活に疲れ切ってマンガを描けなくなるだろう。そう思うとあきらめがつかず、いつ仕事が来てもいいようにと時間の自由のきくバイトばかりして、もう五年たっていた。

田舎《いなか》の親は「帰ってこい」と言う。実家の仕事を手伝えばいいと言う。いやな思い出のある田舎から東京へ出てきたのに。デビューした時は、マンガで食べていけると本当にうれしかったのに。

結局、十代の頃いやでいやで仕方なかった決められた人生を歩むしかないのだろうか……。

いい加減どうにかしないと、と考えていた矢先に、ウェブマガジンの話が来たのだ。

これで起死回生《きしかいせい》とはそううまくはいかないだろうが、少しひと息つけるかもしれない。

しかし問題は何を描くか、だ。

まるでアイデアが浮かんでこない。約束した打ち合わせの日まであまり時間がない。焦《あせ》れば焦るほど出てこないのはわかっている。でも毎日机に向かったり、昼間外を散歩したり、夜中自転車で爆走《ばくそう》したり、もちろんバイトの最中も考えていたが、何も浮かばない。

ずっと描いていたものはある。それでいいのかもしれないが、それだけではダメだと思うのだ。新しいアイデアもあるって言いたい。相手が目移りするくらいたくさんの。

少しでもいい印象を編集者に与えたいのだ。

でも、時間は虚《むな》しく過ぎるばかり。アイデアを考えるだけで一日が終わる。何もしていないのに疲れ切って寝てしまう始末だ。

泣きたくなった。いつでも仕事が始められる準備をしていたんじゃないのか？　いざその時になれば、バリバリ描けると思っていたなんて。ずっと描いているものがあると言ったって、いざ読み返してみると、とてもお粗末《そまつ》なものに見えてくる。

打ち合わせが怖くなってきた。どうしよう。

元々打ち合わせにもトラウマがある。ギリギリまで会わずにすませたい。会ったとしても顔も上げられず、ろくに話せず、「あとでメールで送ります」みたいなことを言って、逃げるように帰るばかりだった。

マンガは、編集者との打ち合わせも大事と言われる。でも千草にとっては、創作に関することを話さねばならない状況は誰が相手でも等《ひと》しく怖い。仕事の相談をしたり、アイデアを互いに出し合うみたいなことはとてもできなかった。創作について話すということは、自《おの》ずと自分の内面についても触《ふ》れなければならない。それをうまく言葉にすることができなくてもどかしくて、どんどん緊張してしまうのだ。

こういう性格が今の状況を招《まね》いたと言えるかもしれない。せめて仕事の時だけでもいいから、編集者を信頼して、いいものを作り上げるように努力できれば、編集者だって「売ろう」という気持ちを持っただろう。けれど、会っても目も合わさず、持ってきたネームや原稿への説明も満足にせず、短時間で逃げ帰るようなマンガ家なんて、得体《えたい》の知れないものとしか見ないだろう。

ただ、これが怪物級《かいぶつきゅう》に才能のある人なら別だ。その面白さと作品世界に惚《ほ》れ込んでくれれば、作者がどんな人間であろうと、編集者は辛抱強《しんぼうづよ》くつきあうだろう。だが、残念なことに千草はそういう人間ではない。これくらいのものが描ける人は、業界にゴロゴロいる。どちらかを選ばなければならない時は、つきあいやすい人が選ばれるのは当たり前のことだ。マンガ家になれば、対人《たいじん》スキルなんて必要ないと考えたこともあったが、それは間違《まちが》いだった。せめて仕事に関してだけは世間並《せけんな》みの対人スキルがある方が、どんな職業でも有利に働くのだ。

小さい頃、いじめられていたせいでこんなふうになってしまったのかな。暴力はなかったけれど、一番こたえたのは、友だちだと思っていた子が突然態度を変え、悪口を言われたり仲間はずれにされたりしたことだ。それも何度も。大人になってからも。彼氏だと思っていた男からも。

何をその人たちに話していたのか、と考えると、自分の好きなマンガのことや創作《そうさく》のことだった、と思い当たる。それ以外はわからない。だから、自分の好きなことを人に言えなくなったし、人とつきあうこと自体、怖いと思うようになってしまったのだ。

だから、田舎には信頼できる人が家族しかいない。けど、商店をやっている親の手伝いなんて、できるわけがない。だって田舎だから、みんな知り合いなのだ。東京みたいにつきあいが希薄じゃない。東京でも、友だちがいない。マンガ家に知人程度の人はいるが、これ以上親しくなるのは怖い。親しくなりそうになると、かえって話せなくなる。打ち合わせ、いっそ断《ことわ》ろうか、と思った。でも、そしたら仕事も失《うしな》ってしまうかもしれない。それはいやだ。

せめて……電話にしてもらおうか。

いや、電話も苦手なのだ。しゃべること自体苦手な上、顔の表情がわからないから怖い。そして直接会うと、表情がわかるから怖い。

どっちにしても怖いなんて、自分ながらなんてめんどくさい人間なんだろう、と思ったりする。まったくいやになってしまう。相手の気持ちを考える必要のないつきあいなら、平気なのだが。

もう一つおまけに、そういう予定の変更《へんこう》を告げるのにもかなりのエネルギーが必要だった。たとえメールであっても。

しかし、それくらいはやらなくてはいけない。

千草は、「打ち合わせを電話に変更していただけませんか？」と山崎にメッセージをした。すると、体調を崩《くず》されましたか？

と返事が来た。

確かに崩したと言えるかもしれない。ここまでいろいろ考えただけで、もうすでにヨレヨレだ。


はい、申し訳ありませんが……。


嘘じゃない、と言い聞かせながら、そう言うと、「かまいませんよ」との返事が。

ということで、最初の打ち合わせは電話だった。

「はじめまして、山崎と申します」

彼の声はとても落ち着いていて、会話のリズムも千草に緊張を与えなかった。話が自分のペースで進まないと、声にいらつきが出る人もいるが、彼はそういう人ではないようだ。こっちの話を聞きたがっているという意思表示をされたように感じた。

が、ここで問題が一つ起こる。

山崎は、千草の過去の著作を見ながらいろいろ感想を言ってくれる。「このコマが」とか「このセリフが」「この表情が」と実に細かいところをほめてくれるのはいいのだが、「何ページのここら辺」とかはっきり言ってめんどくさいのだ。

まあ、それはわかっていた。前にもあった、こういうこと。でも、今までは流していた。めんどくさいけれど、見つけられないわけではない。

しかしこの山崎という編集者は、これまでになく細かい。すごくよく読んでくれている。しかも、千草がマンガで言いたかったことを、的確に汲《く》んでくれている。

次第に千草の方でもまだるっこさを感じ始めた。しかし、これから会うのは無理だし、会うとなっても心の準備が――と考えていたら、

『スカイプで話しませんか?』

と言われた。

『その方がわかりやすくないですか?』

確かに、画面に「ここが」と示しながら話せるし、こっちがササッと描いた絵もすぐに見せられる。しかし、それはこっちの顔もさらすということだ。家族としかそうやって話したことはなかった。できるだろうか。

でも、話しているうちにこの編集者と仕事がしたい、と思うようになってきた。この人なら、あたしの言いたいことをわかってくれるのではないか。これまで描いてきたものの中から、本当に言いたかったことを汲み取ってくれた。自分が気づいていなかったものも示してくれた。

描きたいことに自分の力が及ばないと思った時、この人なら相談できるんじゃないか、と感じたのだ。導《みちび》いてくれるかもしれない、と。

「じゃあ……スカイプに切《き》り替《か》えますね」

思い切ってそう言い、スカイプを立ち上げた。しばらくまごまごしたけれども、ようやくつながる。自分の顔が向こうにさらされていることはあまり考えないようにしよう。

画面にはぶたのぬいぐるみが映っていた。え？　何、アバター？

桜色《さくらいろ》のぶたのぬいぐるみは、黒ビーズの点目《てんめ》でこちらを見ている。大きさはどのくらいなんだろう？　画面からはわからない。突き出た鼻と、右側がそっくり返っている大きな耳。素朴《そぼく》で、とてもかわいい。

そういえばこの人、山崎ぶたぶたって名前だった。ペンネームだとは思うが。創作やライターなどをしながら編集者をしている人もいるみたいだし。

あ、もしかして、この人も人に顔をさらすのに抵抗《ていこう》があるのかもしれない。そのための身代《みが》わりのぬいぐるみ？

このことは訊かない方がいいのだろうか？　自分もそうだけど、誰にも触れられたくないことというのはある。それがわかっているから、何も言わずにこういうふうにしているのかも。こっちがいろいろ問題あるってことも、きっと察《さっ》しているんだろうな。

そう考えているうちに、少し気持ちも落ち着く。

「すみません、お身体《からだ》の調子が悪いところ、ご無理を言いまして――」

そうだった。一応そういう言い訳をしていたのだった。ただ千草の見た目は、元気な時でも割と不健康そうに見えるから、多分大丈夫だろう。

「いいえ、こちらこそすみません……」

もごもごと謝《あやま》っておく。

「それで、この部分なんですが――」

と彼（といっても見た目はかわいいぶたのぬいぐるみ）はさっそく話の続きを始める。

持っている単行本と比《くら》べると、ぬいぐるみはかなり小さいことがわかる。バレーボールくらい？　声とともに鼻がもくもくと動くのを見て、「芸が細かい！」とびっくりする。

しかし話しているうちに最初気になったことは忘れていた。スカイプで話す方が、楽しかったからだ。電話の時より緊張は格段に緩和《かんわ》される。話の内容は元より、ぬいぐるみの顔を見ていると人間を相手にしゃべっている気がしないのだ。点目についほんわかしてしまうというのもある。小さい頃持っていたクマのぬいぐるみを思い出す。

その半面、その顔と動きと、言っていることのギャップがありすぎて新たな戸惑《とまど》いも湧《わ》いてきた。アニメでかわいいキャラに渋い声を当てたりするような、そんな感じ。でも、表情がないはずなのにあるように見えて、それはなんだか年相応《としそうおう》で——やっぱり戸惑う。重そうなものを片手で持ったりできるのも不思議だし。どういう仕掛けなんだろうか。

とはいえ千草は、自分にかなり満足していた。こんなにちゃんとしゃべれるなんて！　と感動するほど。達成感《たっせいかん》すらあった。

新連載のアイデアも、あんなに何も出なくて苦しんでいたのが嘘みたいに、ポンポン出てきた。

でも結局、ずっと一人で描いてきた作品が連載として採用された。ひとりぼっちの女の子と、その親友や恋人になるはずの人たちが、少しずつ距離《きょり》を縮《ちぢ》めていく物語だ。主人公とそれらの人々が出会うまでが長いし、キャラそれぞれに物語がある。本当に地味な展開なので、まさかこれが選ばれるとは思わなかった。だが山崎は、

「これが一番伊勢さんらしいですよ」

と言った。

千草は、スカイプを切ったあと、その作品を読み直した。いいかどうか、やっぱりわからない――迷《まよ》いばかりが出てしまっているように感じる。

自分で自分がわからない、自分そのものという作品だな、と千草は思った。

後日、山崎からのメールが来た。メールインタビューについてだ。

先方からOKが出ました。質問を直接メールで送ってくれるそうです。アドレスを教えてもいいですか？

これなら家でゆっくり考えながら質問に答えられる。千草は胸をなでおろす。

「かまいません」と返事をする。

ああ、これだけでひと仕事終えた気分になってしまう。ちょっと横になってひと息つくが、

「いかんいかん！」

声を出して気合を入れる。ネームにＯＫが出たのだから、描かなければ！

連載は二週間に一度の頻度《ひんど》で更新される。来月には初の単行本化だ。そのタイミングでのインタビューなのだろう。

幸い作品の評判はとてもいい。サイトのランキングでも常に上位で、たまに一位になる時もある。何が受けているのかさっぱりわからないが、山崎には、

『変な色気《いろけ》は絶対に出さないように』

と言われている。

「『変な色気』ってなんですか？」

反対に訊いてしまった。

『流行《はや》っているものを変に真似《まね》しないようにってことです』

「そんな器用ではないです……」

器用だったら、こんな生活はしてないって……。でも、昔の担当編集にはそれをやる

ように言われたりもしたな。やってみても当然うまくできるわけもなく、そのことを責《せ》められたりすると、自分が悪いのかと思ってしまったものだ。ストーリーの傾向《けいこう》や画風《がふう》など、そんな簡単には変えられない、と今ならわかるけれど。

しかし、山崎の言葉は、不器用であることを歯がゆく思ってきた自分を多少認められる気分にしてくれる。不器用さがマンガの味になっているのなら、少し自分を甘やかしてもいいかな、と。

そんなこんなで最近、気分が安定している。夜よく眠れるので、バイトでのミスも少ない。怒られることが少なくなるから、落ち込むこともそんなにない。

こんな地味な作品を描かせてくれる編集さん様様《さまさま》だ。

メールインタビューも無事に終え（家で数日悩みながら質問の返事を書いただけだけど）、単行本の発売が近くなってきて、千草はそわそわと落ち着かなくなってきた。

別に何か起こるわけでもないのに、そのあたりにバイトを入れるのを控《ひか》えてしまった。絶対に身に入らないだろうし、それでいらないミスをしても仕方ないので、前後一週間くらい、早々に休みを申し入れた。今までほとんど休んだことがなかったので、「旅行にでも行くの？」と訊かれたけど、「ええ、まあ……」とごまかしてしまった。ここで「本が出るんで、買ってください」とでも言えればいいんだけど、恥ずかしいし、そう言って適当に流されても傷つくので、何も言えなかった。

あとから「家で何もすることがないからエゴサーチばかりしてしまって、その結果に身悶《みもだ》える」という事態を想像して、少し後悔した。バイトをめいっぱい入れて、忙しくしていればよかっただろうか……。

そんな中、山崎からメールが来た。


書店まわりをしてみませんか？


「ええっ⁉」

思わず大声が出た。誰もいないのに、口をあわててふさいでしまったり。

「そんな……そんな」

他にもいろいろ書いてあった。

サイン本はもちろん、ＰＯＰや書店ごとのイラストペーパーなどを考えています。

サイン本なんて——初めてだ。今回、初めてのことが多くてけっこういっぱいいっぱいになっている。部数も「こんなに刷《す》って大丈夫なの？」というくらいだし。何かあたしに期待されても困《こま》る、と毎日焦るほど。

しかも書店まわりなんて！

書店まわりとは言葉どおり、新刊が出た際に、本の著者が書店を何軒も回って「よろしくお願いします」と頼むことだ。サイン本を店内で作ったり、本にはさむ特典《とくてん》イラストペーパー、ＰＯＰ広告（本の内容やアピールポイントをカードなどに描いて売り場に提示《ていじ》するもの）などを持参《じさん》することもある。

と一応の知識はあるけれど、それってすなわち、知らない人と会わなければならないわけでしょ！　考えただけで汗が出る。

でも——と千草は考える。

今回の単行本は、自分にとっての正念場《しょうねんば》になる、と考えていた。これが失敗したら、本当に田舎に帰るしかないだろう。マンガ家としてやっていくことはできなくなる。一時期ほとんどあきらめかけていた時に比べれば、今はものすごく浮上《ふじょう》している。しかし、このまま何もしないでいれば、きっと元のところへ落ちていくだろう。いや、きっともっと下へ行ってしまって、そのままもう上がれない。

今までと同じように行動していても、同じことになるだけだ。

その晩、相談したいと山崎に連絡した。すると、

『書店まわりは僕もついていきますし、サイン本とPOPを描いてすぐに退散《たいさん》ってことになると思いますから、書店員さんとは話したくても話す時間はほとんどないと思いますよ。お忙しいところ無理にお邪魔《じゃま》するようなものですしね』

と冷静な点目で言われる。

挨拶程度のことができれば、全然問題ありません、と言われる。つまり、ビジネスライクでもかまわないということ？

『もちろん、気が進まないようなら、やらなくても――』

「いえ！」

思わず大声が出てしまう。

「やってみます」

この人がついてきてくれるのなら、だいたいのことは対応してくれるんだろう。絶対にあたしより慣れているはずなんだし。

この人の後ろに隠れていれば、きっとなんとかなるはずだ。

千草が書店まわりを承知《しょうち》した数日後、山崎がスケジュールを送ってきた。

発売日当日に、都内だけだが何店舗《てんぽ》か回るわけだから、けっこうな過密《かみつ》スケジュールだ。書店員さんに余計な手間をかけられないので、約束の時間は厳守《げんしゅ》しなければならない。

『前もってPOPは描いた方がいいでしょうから、小さな色紙を送りますね』

よかった、その場で描くことになったら失敗を恐れるあまり、具合が悪くなるかも。

次の日には色紙が届き、千草はせっせとそれぞれの書店用にイラストを描いた。予備があるので失敗しても平気！　と思うと失敗しないんだなあ。

各書店用のペーパーも入稿《にゅうこう》した。それぞれの書店で本にはさんでもらうのだ。

どれも同じようなものにならないよう、いろいろ工夫した。千草はマンガをデジタルで描いているから、こういうちゃんとしたアナログ原稿なんて久しぶりだった。ペーパーはモノクロだけど、色紙はカラーだから、コピックなんか引っぱり出したりして。かえって楽しかった。

我ながらうまく描けたので、写真を撮って保存する。いい結果になるといいな。

いろいろと準備が多くなったので、エゴサーチをしているヒマもないまま、書店まわりの前日──つまり、発売日前日になった。メールインタビューは公開したので、その反響がちょっとあって、いつもとは違う気分で動悸《どうき》が激しくなった。

『これ、ずっと読んでたから予約した』

とか、

『面白いよ、おすすめだよ〜！』

とか書かれていると、ものすごくうれしいのと同時に「あ、申し訳ない……」という気分も湧き上がる。

でも、読んでくれて推薦《すいせん》してくれてるんだもんな、と思い直す。そういう反響がすぐに見られるのは、怖いけれどうれしい気持ちの方が強い。もちろんけなされていれば落ち込むんだけど。

そして、ついに書店まわりの当日。新宿《しんじゅく》、池袋《いけぶくろ》、渋谷《しぶや》、東京、御茶ノ水《おちゃのみず》、神保町《じんぼうちょう》などの大きな書店を回るので、書店が開く十時前に待ち合わせをする。スカイプで充分《じゅうぶん》打ち合わせはしているので、もうここからは書店へ行くだけだ。

駅ナカの書店にはもう並んでいたので、さっそく購入した。自分の本なのだから、少しでも売上に貢献《こうけん》しなければ。誰か手に取ってくれるだろうか、と見張りたかったけれど、待ち合わせに遅れたら大変とばかりに電車へ乗り込む。

しかし、池袋での待ち合わせであるいけふくろう（フクロウの石像《せきぞう》）には三十分前についてしまい、駅構内をウロウロして時間をつぶす。大きな駅なので、書店も二軒くらい早めに開いている。両方で買う。両方にあったことに感動した！

はあ〜、朝から動悸が止まらない。朝食も食べていなかった。眠れなくて寝坊《ねぼう》して、食べる時間がなかったからだ。時間があっても何も喉《のど》を通らなそうだが。

立ち食いそばでも食べようか、でも食欲ないし、おつゆが服に飛んでも困るしどうしよう——と迷っているうちに、待ち合わせ時間が迫《せま》り、あわてていけふくろうへ戻る。

スマホの時計では、待ち合わせ時間の二分前だった。まだ来てなくてももちろんいいのだけれど、ちょっと意外だった。五分前には着いていそうな印象が山崎にあったからだ。ただの先入観というかイメージだし、少しくらいなら遅れたって別にかまわない。自分だってたまには遅刻する。たいてい早めに着いて、今日みたいに時間をつぶす羽目《はめ》になるんだけど。

いけふくろうは、平日の朝十時前というせいか、待ち合わせらしき人は少なかった。自分を含め、三人くらいがフクロウの石像にもたれかかっている。その三人は、すべて女性だった。周囲にも待ち合わせらしき人はいるが、山崎らしき姿は——。

と思ったら、いた。ぬいぐるみが。

すっかり忘れていた、目印になるものの打ち合わせをしていない。ただ千草は今、単行本の見本を手に持っている。それでわかるはずだけど、彼はいつものぬいぐるみを持ってきたのか。やっぱりバレーボールくらいの大きさだ。

しかし地面に立っているのはぬいぐるみだけだ。でもすごいな、お座りしたぬいぐるみが置いてあるんじゃなくて、立っているのだ！

目印かな？　席をはずしているんだろうか。でも、それなら持っていかないと盗《と》られてしまいそうだけど——と思いながら近寄ってみると、ぬいぐるみの首がくるっとこっちに向いた。千草は足をぴたりと止める。何⁉　こっち見てる⁉　こっちっていうか、あたしを見てる気がする!?

「あ、おはようございます、伊勢さん」

聞き慣れた声がした。

「今日はよろしくお願いします」

ぬいぐるみがペコリと頭を下げる。というより、二つ折りになる。耳がふわりとひるがえった。右側にクセがついている。そっくり返っているが、まさか寝癖《ねぐせ》？

「あ、すみません、外でお会いするの初めてでしたよね？」

声が出ないので、ガクガクとうなずく。

「ちゃんとご説明しなきゃと思っていたんですが、すっかり失念《しつねん》していました。申し訳ありません」

説明されても、ちゃんと受け入れられただろうか。理解できなくて怖くなって、書店まわりを断っていたかもしれない。でも、この人が信頼できる人間と思ったから引き受けたのだ。人間でない場合はどうしたらいいのか。第一こんなに小さくては後ろに隠れることもできない！

「もうすぐ約束の時間ですので、行きましょう」

こちらの困惑をよそに、ぶたぶたは歩きだす。小さい足をちょこちょこ動かし、意外に速い。しっぽに結び目があるのに気づき、ちょっとかわいいと思ってしまう。

「伊勢さん、大丈夫ですか？」

動かない千草のところへぶたぶたが戻ってきた。驚《おどろ》かせた張本人《ちょうほんにん》にそう言われるのは心外と思いながらも、時間は確かに迫っている。遅れるとせっかく描いた色紙が無駄になるかもしれないし、サイン本も置いてもらえないかも！　そんなのいやだ！

「い、行きます」

千草は歩き出す。とにかく行かねば。書店さんは待っているんだから、約束は守らないと。

ショックを受けて歩くのもままならないのか、それともぶたぶたの歩調《ほちょう》が速いのか、あるいは彼が千草に合わせてくれているのか（！）、二人は並んで歩く。身長差ありすぎだけど。

「今日は朝ごはん食べてこられました？」

「いえ……緊張して寝坊したので、食べられませんでした」

割と普通に会話できている自分に驚く。

「お昼が遅くなるかもしれないので、これどうぞ」

そう言って差し出したのは、シリアルバーだった。彼の身体の半分くらいの長さだ。どこから取り出したの？　と思ったら、背中に黄色いリュックを背負《しょ》っている。

「電車の中とかで食べてください」

「あ、ありがとうございます……」

書店に着くと、お客さんの中にはぎょっとする顔をする人もいたが、基本的にはあまり気づかれない。小さすぎるし、目に入ったとしてもまさか動いているとは思わないんだろう。

地下のマンガ売り場へ行く。

「今日はよろしくお願いいたします」

さっきみたいに二つ折りになるぶたぶたを見て、千草もあわてて頭を下げる。

書店員さんたちはみな顔見知りのようで、誰も驚いていなかった。「久しぶりです～」みたいに気《き》さくに挨拶している。それを見て、なぜか千草が変な汗をかいたりして。あんなにびっくりするなんて、変だったのかしら。表には出していないつもりなんだけど。

「事務所の方でサインをお願いします」

テキパキと案内される。もうあらかじめ用意してあったらしい広いテーブルには、サインする予定の本が山積みになっていた。

描いてきたＰＯＰを渡すと、

「うわー、すごくかわいいです！　目立つところにどーんと飾《かざ》りますよ！」

と言ってくれて、少し安心する。

そしてさっそくサイン本作りが始まる。

『書店員さんとは話したくても話す時間はほとんどないと思いますよ』と言われたとおり、千草はサインとちょっとしたイラストを描くのに必死で、ほとんどしゃべれない。

これこそ間違えたら大変だし。

ぶたぶたはサインの上ににじまないようメモ紙みたいなもの（合紙《あいし》、というのだそうだ）をはさみ、書店員さんは本を「サイン本」というシールが貼《は》ってあるビニール袋に包んでいく。完全に流れ作業で、その合間《あいま》に作品について質問されたり、ちょっとした要望（「サインにこのキャラ描いてください」とか）に応えたり、描いている様子を写真に撮られたりしているうちに、あっという間に終わってしまう。

「さっそく店頭に並べます！　お忙しいところ、本当にありがとうございました！」

書店員さんはそう言って本を抱《かか》え、さっそうと売り場へ戻っていった。

おお……想像していたよりも慌ただしく、あっけなく終わってしまった。頭を下げたり、ご挨拶をするくらいで、おしゃべりなんて確かにするヒマがない。踏み込む話なんてもってのほかだ。

そうだよな。みんなそれぞれの仕事をしてるんだもん。そんな時間あるわけないのだ。

ちょっと気が楽になった。

「次は新宿ですね。電車で行きましょう」

「はい」

駅のホームで、さっきもらったシリアルバーを食べた。

「飲み物買ってきますよ」

「いえっ、そんないいですっ」

「それ、飲み物なしで食べるのけっこうきついですよ」

そう言って、自動販売機で買ってきてくれたのだが、Ｓｕｉｃａをタッチするのも、ボタンを押すのもジャンプしていた。すごい跳躍力《ちょうやくりょく》だ。気づいた人が呆然《ぼうぜん》としている。

自分で買えばよかった。ていうか、お茶くらい持ってくればよかった、と後悔してしまったくらい。

「はい、どうぞ」

「ありがとうございます……」

こんなに小さい人に子供のように面倒を見てもらっていることが恥ずかしくなってきた。ペットボトルも彼と同じくらいの大きさだというのに。

とにかく腹《はら》ごしらえと水分補給《ほきゅう》をして、新宿へ向かった。

ここでもぶたぶたは人気者だった。

「ぶたぶたさんが推《お》すマンガはみんな面白いから」

と言ってくれているのが、千草もうれしかった。すでに書店員さんが書いてくれたPOPも飾ってあった。涙が出そうになる。

そのあと渋谷、東京、御茶ノ水、神保町など、電車やタクシーなどを使いながらまわりに回った。タクシーの運転手さんは、ぶたぶたに気づいていなかったように思う。二種類の声を出せる珍しい人みたいな態度で千草に接していたし、ぬいぐるみを持ち込む人なんてそんなに珍しくないのだろう。

……珍しくないのかな。よくわからない。

とにかく、どのお店でも千草の新刊は好調で、「がんばってもっと売りますよ！」と言ってくれたり、「売れてますよ！」と追加注文してくれたり——本当に自分の本のことを言われているのかな、と思ってしまうくらいだった。

一日知らない人とばかり会って緊張もしたけれど、うれしさの方が上回って、びくびくするヒマもなかった。ほめられるたびに「そんな……」とつい言ってしまうのだが、ぶたぶたがまるで自分のことのように、

「ありがとうございます！　そうなんですよー！」

と言ってくれるから、千草の謙遜《けんそん》が霞《かす》んでしまう。変な日本語だけど。

とりあえず「そんな」と言う前に「ありがとうございます」とは言うようにした。お礼も言わずに否定するのはひどいな、とやっと気づいた。たとえそれが自分の本のことであっても、「面白い」と思ったのはその人なんだから。

夕方には書店まわりは終わった。仕事帰りの人たちが寄って買えるようにと、あまり遅くならないように急いで回ったのだ。

その間に、ぶたぶたがツイッターで立ち上げた公式アカウントのツイートがすごく拡《かく》

散《さん》されていた。一話の途中まで読めるようになっていて、すごくいいところで終わるのだ。それから、

「サイン本を作っています」

という写真（千草の顔出しはない）とともに書店のアカウントをリツイートしたものや、プレゼント企画などもたくさん「いいね」をもらったりして——あまりつぶやかない千草のアカウントにもたくさん感想が寄せられていた。

いつの間にこんなにつぶやいたのか。SNSを宣伝《せんでん》に利用するなら、やっぱりマメな人でないとダメだよな、と常々感じていたが、お手本のような使い方だな、と思った。いや、たまたま成功しただけなのかもしれないけど……。

気力をすぐに使い果たしてしまう千草のような人間は、「あれもやってこれもやって」と次々こなしていくぶたぶたが、神様のように見えた。人間じゃないからかな⁉　つまりは不思議なぬいぐるみだから⁉

なんでもできるのなら、ぬいぐるみにでもなんでもなりたい、と疲れ果てた頭で千草は思う。

「お疲れさまでした。急《せ》かして申し訳ありませんでしたね」

「いえ……」

確かに目まぐるしかった。道が混んでいたり、電車が止まって回り道をしたりしたから。シリアルバーをもらってなかったら、途中でバテていた。ぶたぶたもシリアルバーを食べていた。鼻の下に押しつけてサクサクサク——うさぎみたい、と思ったが、口元はついに見ることはできなかった。

昼はぶたぶたの行きつけらしき海南鶏飯《ハイナンチキンライス》のお店へ行った（誰も驚いている人がいなかった）。カウンターのみの店で出てくるのが超《ちょう》早い上に、鶏肉が柔《やわ》らかくてすごくおいしかった。

でももう、お腹《なか》が減っていた。書店まわりが終わってほっとしたからかもしれない。

「夕飯を食べていきませんか？」

「あ、はい……」

大変にありがたい。

「何か食べたいものはありますか？」

「なんでもいいです……」

一番答えてはいけない返事をする。でも本気だった。別に食べられないものはないし。

「あっ、でもさっと食べられるものがいいです……」

疲れ果てているので、本心では家に帰って風呂《ふろ》に入って寝たいのだ。エゴサーチもしたい。したいけど、気力は空《から》っぽだった。

「じゃあ、パスタとかどうですか？」

「あっ、大好きです」

「近くにおいしい店があります」

ぶたぶたについていくと、高層《こうそう》ビルの地下にあるパスタハウスへ入っていく。

「こんばんはー」

なんということだ。ここでも常連風《じょうれんふう》の入店ではないか。厨房《ちゅうぼう》にいる人からも声をかけられたりして。いろいろなお店を知ってるんだな。

奥のテーブルに案内されたが、店員さんがクッションを持ってきて、ぶたぶたはその上に座った。そして、手慣れた様子でメニューを広げる。その一連の様子を見ていた隣《りん》席《せき》の二人連れの女性がびっくりしている。

「どうぞ。なんでも頼んでください」

「……いっぱいありますね」

「タラコ系がおすすめです」

「山崎さんはここはよく来るんですか？」

「よくお昼を食べに来ますよ。会社の近くですから」

「あっ、そうでしたね。もしかして、これから会社に戻るんですか？」

「はい、戻ります」

忙しいんだ……。ていうか、編集さんって作家より忙しいよなっていつも思う。

「じゃああたし、タラコとイカのパスタを」

「僕は和風《わふう》ミックスパスタにします。サラダも食べません？　ドレッシングがおいしいんですよ」

「はい。食べます」

「お酒は？」

「疲れすぎたので、ウーロン茶にしておきます」

なんかもう、機械的《きかいてき》に答えてしまう。そのせいか、全然緊張していない。いや、しすぎていて、麻痺《まひ》しているのかも。

ぶたぶたがパスタとサラダと飲み物を注文する。

「本当に今日はお疲れさまでした。書店さん、みんな喜んでくれましたね」

「そうですか？」

ついそんなふうに答えてしまう。これもダメな返事だな。

「みんな面白いって言ってくれて、いいところに置いてくれてましたよね」

それを思い出すと、ほんと泣きそうになる。うれしいのが半分、これで売れなかったら本当に申し訳ないのが半分。

「ありがたいです……」

「色紙もいろいろバリエーションがあって、ＳＮＳでも話題になってますよ」

「えっ、もう⁉」

ぶたぶたがスマホを見せてくれた。それぞれのお店用の色紙の特徴あるところを写真に撮って、それをツイートしてある。

『絵が全然違う！』

『個性違いすぎ』

みたいなレスがついていて、リツイートもたくさん！

「とても評判いいですよ」

とぶたぶたは画面をスワイプするが、あの布《ぬの》の手でよくできるな、と妙《みょう》なところを感心してしまう。

どーんとボリュームのあるサラダがやってきた。焼いたぶ厚《あつ》いベーコンが載《の》っている。

「どうぞどうぞ」

肉系のパスタを注文しなくてよかった、と思いながら、ベーコンと野菜を取る。ドレッシングが黄色いが、何味なんだろう。

口に入れると、一瞬甘い香りと味が広がる。えっ、これってコーン？　しかし、そのあとにピリッとした辛《から》さが。

「コーンとマスタードのドレッシング？」

「そうなんですよ。この甘さと辛さがクセになるんですよね」

ぶたぶたも大きなフォークとスプーンを器用に使って、サラダを取る。大きなレタスをうまくまとめて、鼻の下へ押し込む。消えていくレタスも不思議だが、千草としてはそのレタスのまとめ方を見習いたい、と思う。

パスタもやってきた。ここも出てくるのが早い。うれしい。

タラコとイカは間違いない味だ。タラコはたっぷり、イカはぷりぷり。刻《きざ》み海苔《のり》がたくさんかかっているのも好《この》みだ。

ぶたぶたは野菜やキノコがどっさり入ったしょうゆ味のパスタだった。香《こう》ばしい香りが食欲をそそる。

とにかくお腹がすいていたので、言葉少なにひたすらパスタとサラダを食べた。おいしい。大盛りにしてもよかったくらいだが、お腹が苦しくて眠れないのも困る。

その時、千草は気づいた。フォークも咀嚼《そしゃく》も止まる。それに目が釘付《くぎづ》けになる。

食べ終わってコーヒーを飲んでいる隣席の女性の一人が、バッグから千草の新刊を取り出したのだ。

千草がぶたぶたを見ると、彼も気づいたようだった。もぐもぐしたまま、点目を新刊に向けている。

どうしよう。声をかけてみようかな。「わたしがそれの作者です」と。

そんな図々しい……それに恥ずかしい。だって問題は、その人、新刊をテーブルに置いたはいいけど、そのことについて話題にしない！　相手の女性もだ。でも、そこにあるということは、今日買ったということじゃないか、今日発売なんだから！

『今日買ってきたんだ』のひとことくらいあれば声がかけやすいのに——いや、そんなことない。どっちでも千草にはかける勇気がない。

ぶたぶたに目を戻すと、フォークをお皿に置いて、じっとこっちを見ている。動かず黙って。

おそらく「声をかけなさい」と言っている。点目は口ほどにものを言う。口見えないけど。

それ、わたしの本なんです。

こう声をかけたら、なんて返事が返ってくるだろう。

ふーん——そう言って、鼻で笑われたらどうしよう。

昔、いっしょうけんめい描いたマンガを見せた時の友だちや彼氏の様子が甦《よみがえ》った。

これ、あたしが描いたんだよ。大変だったけど、すごく楽しかったよ。

——ふーん。そうなんだ。——

そのあとから、なぜか無視をされたり、突然態度が変わったりしたことを思い出した。

彼女たちがどうしてそんなふうになったのか、やっぱり千草にはわからない。だから、この知らない人に声をかけるのはもっと怖い。同じようなことを言われてしまうのではないか、と。

ぽふぽふの手が、千草の握《にぎ》りしめて白くなった手に触れた。顔を上げると、ぶたぶたが小さな声でこう言った。

「大丈夫だから」

それを聞いて、何が大丈夫なのか、と考えた。声をかけても大丈夫？　それとも、昔の友だちみたいなこと言われても大丈夫？　でもぶたぶたに千草の気持ちなんかわかるはずない。

でも——彼が「大丈夫」と言うのなら……多分、何が起こっても大丈夫ということなんだろう。彼がフォローしてくれるはず。後ろには隠れることはできないが、小さくても前に出てくれるみたい。

「あ、あの……」

本を取り出した女性に声をかける。

「はい？」

突然話しかけられ、彼女は驚いた顔でこちらを向く。

「そのマンガ……わ、わたしのなんです」

「え？　ええっ!?」

彼女は大声を出す。あわてて口を覆《おお》うが、「えーっ、嘘ーっ」とくぐもった声でくり返す。

「あ、あの、今日発売日だって聞いたから、さっき買ってきたんです、ウェブで読んでて面白かったから、紙の本がほしくて！」

「あっ、ありがとうございます！」

「えーっ、ほんとに⁉」

オロオロしている様子に、作者本人だと証明しなくては！　と思ったが、顔出しもしていないし、どうしたら――とその時、ぶたぶたがスマホをスッと差し出す。公式アカウントのアップした写真に、顔は本で隠しているが、同じ服装の自分が写っている。

「これ、さっき本屋さんでサインしてきたんです、その時の写真です」

「あっ、同じ服！」

写真と何度も見比べて、彼女は言った。

「すみません、サインしてください」

「いいですよ」

サインするための筆記具《ひっきぐ》はいっぱい持ってるからね！

「あの、イラスト入れていただいてもいいですか？」

「もちろん！」

「リクエストあるんですけど！」

ヒロインの親友の女の子を描いてほしい、と言う。

「すごく好きなんです。この人みたいなんです」

と、ぼーっと様子を見ていた向かいの女性が突然指さされて、飛び上がらんばかりに驚く。

「え、あたし？」

「そう。あとで貸《か》してあげるからね。あっ、いえっ、もう一冊買って渡します！」

二人のやりとりを見ていて、千草は泣きそうになった。

「あたしもあの子、大好きです」

理想の親友として、彼女を描いた。あたしがほしかった友だち。あたしのマンガを読んで喜んでくれる人。

そんな友だちはまだいないけれど、こうして読んでくれて、好きって言ってくれる人はいるんだ。誰かの後ろに隠れなくても、千草自身が声をかければ、応えてくれる人が。

涙をこらえながら、サインをして渡す。

「ありがとうございます！」

二人の女性は何度も頭を下げながら帰っていった。

「ね、大丈夫だったでしょう？」

ぶたぶたはちょっと得意げにそう言う。

「そうですね……」

「今度、ちゃんと打ち上げしましょうね。何が食べたいですか？」

「そうですねえ――」

考えながら、千草は冷《さ》めたパスタを再び口に運ぶ。少ししょっぱく感じた。でも、今まで食べたパスタの中で一番おいしかった。

おそらくどんなお高い料理も、今夜のこのパスタよりおいしく感じることはないのではないか、と千草は思った。

グルメライター志願

若松成久《わかまつなりひさ》は、大手スポーツ用品店の広報課《こうほうか》に勤めている。高校まではスキーの選手として大会にも出ていた。今は様々なスポーツ用品メーカーとコラボしたり、あるいは現《げん》役《えき》の選手たちの協力のもと、商品開発にも携《たずさ》わっている。

充実《じゅうじつ》している毎日だが、仕事はとても忙しい。どんなに気に入っている仕事でも、ストレスはたまる。

ストレスは今までももちろんあったわけだが、ほとんどスポーツで解消していた。そして友だちとの飲み会。みんなでキャンプに行ったりとか。そんな感じだったと思う。

言ってみれば、それで解消できていたことに、今は驚《おぼ》きを覚える。

それまで、成久は食に対するこだわりがなかった。料理もできないし（これは今もだが）、味にも無頓着《むとんちゃく》で、必要な栄養やカロリーを摂《と》れればそれで充分だった。

だが、就職《しゅうしょく》した会社の界隈《かいわい》は、グルメな街として有名なところだった。老舗《しにせ》の飲食店が多く、先輩社員にもくわしい人がたくさんいた。その中でも、最初の上司《じょうし》・東岡《ひがしおか》はとてもグルメな人だった。

彼女の口癖《くちぐせ》は、

「悩みはすべて食べ物で解決できる」

だった。

人に合わせていろいろな店へ行き、おすすめのものを食べさせる。彼女自身は酒も飲むが、部下には酒よりも、とにかく食べ物だった。成久もたくさんごちそうになった。食べながらうんちくを聞かされることが玉に瑕《きず》と言われてもいたが、成久は彼女のような人が自分の周りにいなかったので面白いと感じていたから、苦にならなかった。

東岡の教えに従《したが》って食べ物に関心を持つようになってから、ストレスが簡単に解消されることに驚きを感じた。少しの気遣《きづか》いで、身体と心が楽になる。それもとても興味深かった。全然知らなかったから、ものすごく新鮮《しんせん》に感じたのだ。本当は知っていなくてはいけなかったことだったと、今は反省している。選手をやっていた頃、彼女のような人がいたら、もっといい成績を残せていたかもしれない。

料理上手という噂《うわさ》だったが、成久がお相伴《しょうばん》に与《あずか》る前に東岡は会社を辞《や》めてしまった。地元に帰って、夫婦で料理店をやると言っていた。いつかそこへ食べに行くのが、成久の夢だ。

彼女がいなくなってからも、成久の食の興味は尽《つ》きなかった。おいしい店を自《みずか》ら探し始め、店だけでなくたとえばコンビニの新商品やカフェのスイーツなど、今まで嫌《きら》いだと思っていた甘いものにも興味を持ち始める。

そして、次第に仕事と同じくらい、それらの食べ物にのめり込むようになっていった。食べ物に関する仕事をやりたいと熱望《ねつぼう》するくらい。

具体的には、グルメライターだ。

東岡が会社を辞めたくらいの頃から、成久はブログを立ち上げ、行った店、食べたものなどを記録するようになった。内容は、東岡に何気《なにげ》なく話していたことをそのままという感じだったし、文章を書くなんてやったこともなかったけれど、これがけっこう好評で、それまで上司や先輩に頼《たよ》っていた店の新情報を読者がコメント欄《らん》で提供してくれるようになった。

それが思いの外《ほか》楽しく、はっきり言って仕事よりもやりがいを感じるほどになってしまった。

しかし、それはつまり、転職《てんしょく》を意味する。

いくらなんでもそれは、と思ったが、はたと気づく。こういうグルメ系の仕事に関わるのは若いうち——つまり今、この二十代半《なか》ばくらいの方がいいのかもしれない、と。

先日、夏に帰省《きせい》した時のことを思い出したからだ。

成久の父も元はスポーツ選手で、若い頃かなり健啖家《けんたんか》であったのだが、病気をしたわけでもないのに食べる量が減っているのに気づいた。なのに、少し太ってきていたのだ。

「歳《とし》を取ると、食べられなくなるものが多くなる。運動も昔と同じようにやってもやせない」

と父がこぼしていたのを、その時は特に何も感じず聞いていた。というか、「好きなもの食べればいいじゃん」みたいにしか思わなかったのだが、今突然《とつぜん》思い出し、その真《しん》意《い》が少しわかった気がした。

食べることが仕事になると、今までのようにマイペースではいかないだろう。「食べる」ことに制限《せいげん》はないと思うし、好き嫌いもないけれど、食べたい気分でなくても食べなくてはならない時もあるかもしれない。

歳を取るというのは、おそらくその反対なのだ。そのうち、「食べたくないものも食べてしまえる」というのが贅沢《ぜいたく》なことになるのだろう。でも今なら、それができる。つまりある程度《ていど》の無理がきいて、運動による体重のコントロールも容易《ようい》という今なら。「食べること」って身体を使う仕事なのだ。スポーツ選手と同じに、体力があるうちに好きなことをしてもいいかもしれない——と成久は思う。

とはいえ、なかなか決心はつかない。今の仕事も好きだし、希望どおりライターの職につけるなんて保証はどこにもない。

いっそ、会社に勤めながらグルメライターをやる、というのはどうだろうか。欲張《よくば》りにも両方。若い今なら、なんとかなるんじゃないか!?　と過信《かしん》しすぎだろうと自分にツッコミながらも、次第にその気になっていく。

毎日バカみたいに頭の中だけで盛り上がってしまうので、とりあえず、誰かに相談して、頭を冷《ひ》やそうか、と考える。大学のスキー部の先輩である妹尾《せのお》がフリーライターをしているので、話を聞いてもらうことにする。

「え、フリーのライターになりたい!?」

学生時代によく利用した居酒屋で話を切り出すと、妹尾はジョッキを取り落とさんばかりに驚いた。

「はい！」

「どういう風の吹き回しなの？」

さすが先輩だけあって、成久が本もほとんど読まないような奴《やつ》だと知っている。よく彼女に「少しは勉強しなさいよ！」と頭をはたかれたことを思い出す。

「この業界はいろいろ厳《きび》しいよ。やっぱスキーについて書きたいの？」

成久が知りたいのはそんなことではない。

「いえ、俺《おれ》がなりたいのはグルメライターなんです」

それを聞いた時の妹尾の顔に、ちょっと笑いそうになった。そんなに驚かなくてもいいのに、とも思った。

「ちょっと待って……。風が吹き荒《あ》れてるね」

なんだかよくわからないことを言っている。そんなに混乱《こんらん》するようなこと？

「なんであたしに相談するの？　あたしはスポーツライターなんだよ」

「それは知ってますよ」

毎月雑誌でコラムを読むのを楽しみにしている。

「でも、ライターの知り合いにグルメ系《けい》の人もいるんじゃないですか？」

「そりゃいないわけじゃないけど……」

「まだ俺だって考えてるだけなんですから。話をちょっと聞かせてほしいだけですよ」

実際、今の成久はまだまだ妄想《もうそう》の域《いき》から脱《だつ》していない。

「だから、あたしじゃよくわかんないよ」

「いいんです。じゃあ、ライターとしてやっていくことについてはどうですか？」

「あんたらしい唐突《とうとつ》さだと思うよ」

「とりあえず、ブログ読んでください」

「それもまた唐突だけど――」

と言いつつ、妹尾はスマホで成久のブログを読んでくれた。

「意外に文章は面白いじゃない」

「ほんとですか⁉」

自分の感情のまま綴《つづ》った文章をほめられるとこんなにうれしいのか。

「まあでも、悪く取らないでほしいんだけど、このくらい書ける人はたくさんいるんだよね」

「そんなのわかってます」

スポーツの世界だって同じだ。だから、高校までで選手はやめたんだから。

「とにかく、一度どんな仕事をしているのか、グルメライターの人に訊いてみたいんです」

仕事を辞めるかどうかは別にして、とにかく話を聞いてみたい！

「話くらいならいいと思うけど、あ――」

突然、妹尾が黙《だま》る。

「来週、昼に時間ある？」

「あ、代休《だいきゅう》取れます！」

けっこうたまっているのだ。「休め」とも言われている。

「今思い出したんだけど、知り合いのグルメライターがウェブ記事の取材の手伝いしてくれる人探してたんだよ。写真撮《と》れたよね？」

「はい、できます」

大学時代にカメラマンのアシスタントのバイトをしていた。社内で使う写真は成久が撮ることも多い。プロにはかなわないけれど、スポーツ写真コンクールに入選したこともある。

「じゃあ、連絡先メールしとくよ。くわしいこと知らせてくれるはず。話を聞くより、実際に行ってみた方がわかりやすいでしょ？　バイト代は安いだろうけどね」

「わかりました。ありがとうございます」

いきなり現場!?　でもその方がわくわくするし、きっと勉強になるだろう。

次の週の水曜日、とある下町《したまち》の駅に呼び出された。最近、テレビなどでもよく特集される街だ。

妹尾から紹介されたライターの名前は、只野猫月《ただのねこづき》という人だった。もちろんペンネームで、男性とのこと。グルメやサブカルを専門にしているライターだ。

この街を特集すると、雑誌がよく売れるという。今日は今まであまり注目されなかった駅西側の新しい店を取材する予定だそうだ。紙版ではなくウェブ版限定のミニ特集記事のためらしい。

もしかしたら、編集の山崎さんという方も来るかもしれません。

山崎さん。どんな人なんだろう。それしか情報がないので、男女もわからない。若い人？　それともベテラン編集者？

いつかお世話になるかもしれない。——ってそんな妄想ばかりで、我《われ》ながら呆《あき》れる。

「変な期待しない方がいいよ」と妹尾からも釘を刺されたのに。

西口前の時計のところで一時に待ち合わせ、ということなので、成久は十分前にはそこに立っていた。只野は目印にグルメ雑誌を持ってくると言っていたが、それらしき人はまだいない。

駅前はにぎわっていた。最近、駅の西側には大学のキャンパスができて、若い人も多い。東側は古くからの飲み屋街として有名で、成久も何軒かはしご酒をしたことがある。いわゆる「センベロ」という店ばかりを。

しかし西側には来たことがなかった。グルメライターとしては失格《しっかく》だな……。どんな店があるんだろう。住宅街みたいだから、隠《かく》れ家《が》的な名店とか、地元の人が集《つど》う定食《ていしょく》や惣菜《そうざい》のおいしい店とか——そんな感じかな？

だいたい昼間にも来たことがなかったし、駅前をこんなに観察《かんさつ》したこともなかった。すぐに飲み屋街へ行ってしまっていたし。西側は駅前に大きなスーパーなどもあり、東側と比べると生活感がある。ストリートシンガーなどもいるし——ん？

さっきから花壇《かだん》のふちに座って歌っているストリートシンガー（声が若いけどおじさんだった）の前には観客《かんきゃく》がいない。みんな急ぎ足で通り過ぎるばかりだが、なぜかおじさんの前にはぽつんとぶたのぬいぐるみが置いてあった。まるでそのバレーボール大くらいのぬいぐるみに向かって熱唱《ねっしょう》しているようだった。

置いてあるというか、そのぬいぐるみは立っていた。すごいな、あの小さな足でよく立てるものだ。見えないけど、透明《とうめい》なスタンドでもついているのだろうか。

あの黄色いリュックを背負ったぬいぐるみがサクラのかわりってことなのかな？　桜色なだけに？　とはいえ、まったく呼び水にはなっていないようだけど。

おじさんの歌は終わった。ギターをかき鳴らしての大熱唱だった。けっこう上手《うま》かったなあ、なんて思っていたら、不思議な音が聞こえてくる。

ぽふぽふぽふ。

なんだろうか。たとえて言えば、黒板消《こくばんけ》しを軽く叩《たた》いているような。「そんなんじゃあ、全然粉《こな》落ちないだろう！」って言われるような優《やさ》しさ。どこからそんな音が——と思って周囲を見回すと、ぬいぐるみが動いているのに気づいた。手？　前足？　をぱたぱたと何度もくっつけている。それって——拍手《はくしゅ》にしか見えないのだが。

拍手(?)をするたび、右側がそっくり返っている耳と先が結《むす》ばっているしっぽが揺《ゆ》れている。

うわ、自立《じりつ》する上に動くのか。かわいいなあ。新種《しんしゅ》のおもちゃかな? あっ、そうか。おじさんはストリートシンガーではなく、このぬいぐるみのデモンストレーションをやっている人なのかも。だとすると、ちょっと人が集まらないのは失敗かもしれないが――。

「ありがとうございます!」

おじさんはやりきった顔で頭を下げる。

「いやー、いつ聞いてもいいですね」

あれ?

「そう言ってくれるのは、ぶたぶたさんだけです!」

「そんなことないですよー。久しぶりに会えてうれしかったです」

「最近、夜はバイトしてるんで……」

「そうなんですかー」

おじさんの声が二つ聞こえる。

「じゃあ、失礼します！」

ギターを抱えたおじさんが頭を下げる。

「また今度飲みましょう」

「ありがとうございます！」

おじさんは去っていった。ぬいぐるみは残った。

デモじゃなかったの⁉

どういうことなのか、成久は混乱していた。さっきおじさんの声が二人分していたし。あのおじさんが二役《ふたやく》をしていたんだろうか。だいぶ声は違っていた。おじさんの声は、歌から想像したとおり、見た目よりずっと若く高い声だった。だがもう一人は低い中年男性らしい声で——それだけ芸達者《げいたつしゃ》な人なのかもしれない。あっ、そこまで含《ふく》めてのパフォーマンスなのかも！

しかし観客はいない。多分。こうして見ている成久以外は。いやいや、見ている人がいなくても演《えん》じることに意味はあるんだろう。そんなようなことを聞いたことがある。

それにしてもぬいぐるみは回収《かいしゅう》しないのかな——と思って視線を戻すと、ぬいぐるみはおじさんが座っていたところに乗っていた。えっ、誰が乗せたの⁉　全然気づかなかった。誰かが忘れ物だと思ったのか。

しかも、そのぬいぐるみは、背中のリュックを降《お》ろし、中から本屋のカバーがかかった文庫本を取り出し広げた。正面から見ると、ぬいぐるみは突き出た鼻がけっこうリアルなぶたの顔をしていた。でも、目は黒ビーズだ。表情はどう考えてもない。でも、成久の目には、ぬいぐるみが文庫本を熱心に読んでいるようにしか見えない。

なんなの、これ。俺は何を見ているの？

固まって目が離《はな》せないまま、何分たっただろうか。いや、数秒だったか数時間だったか。時間の感覚さえ失ったようになった時、ぬいぐるみに一人の男性が近寄ってきた。

「すみません、お待たせして」

若い。自分と同じくらいかちょっと年上くらいの見た目だ。小柄《こがら》で細身《ほそみ》、カーゴパンツにヨレヨレのジャケットにクシャクシャな帽子《ぼうし》をかぶっていた。そして、手にはグルメ雑誌。あっ、あれはもしかして——。

「いえいえ、待ち合わせ前じゃないですか」

「ぶたぶたさんに待っていただくと、なんか悪い気がして」

そう言って、鼻をもくもく動かすぬいぐるみとともに笑っている。さっき聞いたおじさんの声だ！　ヤバイことに、ぬいぐるみが出しているとしか思えない！

いや、それよりも、今何時!?　頭上《ずじょう》の時計を見ると待ち合わせ時間ぴったりだった。

「あのっ」

あわてて若い男性に声をかける。

「只野さんですよね？」

びっくりしたように彼はこっちを見たが、やがて破顔《はがん》する。

「ああ、妹尾さんの紹介《しょうかい》の人。若松さんですね？」

「はい」

「お忙しいところ、手伝いを頼んでしまって申し訳ありません。只野猫月です」

丁寧《ていねい》に挨拶してくれた。成久もあわてて頭を下げる。

「あ、で、メールでお知らせしたとおり、編集の山崎さんもいらしてます」

そう言って両手を広げ、お披露目《ひろめ》をするようにぬいぐるみを成久に指《さ》し示《しめ》す。ぬいぐるみはそれを合図のように花壇のふちからピョンと飛び降り、

「はじめまして、山崎ぶたぶたと申します。よろしくお願いします」

と言った。渋い中年男性の声で。

ここまでが全部セットになった大道芸《だいどうげい》を見終わった、という気分になった。

ぬいぐるみに対して驚きを表すべきか、それとも只野に疑問《ぎもん》をぶつけるべきか。一瞬の迷いの間に、ぬいぐるみが名刺《めいし》を差し出す。さっき拍手をしていたと思われるぽふぽふの手だか前足の上に載《の》せて。

「今日はお世話になります」

「あっ……！」

名刺を出されると反射的に返さなくちゃ、と思ってしまうのが会社員の性《さが》。

手をつまんでしまわないようにして名刺を受け取る。グルメ雑誌の名が大きく印刷された名刺の真ん中には「副《ふく》編集長　山崎ぶたぶた」とあった。いかにもグルメ雑誌の人らしい名前だが、どう見てもペンネームじゃなくて本名《ほんみよう》だよな——いや、ぬいぐるみに本名も何もない気もするが！

只野とも名刺を交換《こうかん》する。なんともちぐはぐな三人だった。何を着ていけばいいかわからず、編集さんも来るなら失礼になってはいけないと思って、成久はスーツを着てきたのだ。ものすごいラフな只野と……全裸《ぜんら》のぬいぐるみ。何この集団。

「今日はね、ほんとに手伝いってだけで。ウェブ版の記事だとカメラマンの予算がないので、写真を撮っていただきたいんです。メインのビジュアルは僕たちがおさえますけど、とにかくいろいろな写真がほしいんで、それだけを意識していただいて、あとはとにかく食べてください」

只野が言う。カメラもちゃんと用意されていた。会社にあるのと同じメーカーのだ。よかった、使える。

「たくさん注文しますけど、なるべく残さないようにしたいんです。持ち帰れるものは持ち帰りますが、その場で食べた雰囲気《ふんいき》とか、飲み物のことも知りたいですからね」

ぬいぐるみ——ぶたぶたが言う。食べるのか、このぬいぐるみも。いや、そんなまさか。そうじゃなきゃ食べる要員《よういん》として自分が呼ばれた意味がない。食べたとしても、こんな頼りない腹回《はらまわ》りでは、戦力になりそうにない——と考えたのだが、それもどうなの？

「それで、今日はなんの取材なんでしょうか？」

ガッツリ系？　それとも昼飲み系？　地元御用達《ごようたし》系？

「今日は西口エリアの小さなカフェ＆スイーツ特集です」

久は思う。

一番似合うのは、このぬいぐるみではないか、と自分のごついガタイを見下ろして成

え？　カフェ&スイーツ⁉　この三人で⁉

と、ぶたぶたが言う。

「まずは駅前のアジアンスイーツから行きましょう」

ぶたぶたが率先《そっせん》して案内してくれる。

「今日の店は、ぶたぶたさんがセッティングしてくれたんですよー」

と只野が言う。

「取材が難《むずか》しい店でも、ぶたぶたさんだと大丈夫だったりするんですよねー」

しかも今回はカフェ&スイーツ。かわいいところが多いに違いない。かわいいに免《めん》じて許諾《きょだく》してくれるんだろうか、やっぱり。

店に行くまでの間に、只野がいろいろ教えてくれた。企画《きかく》を立て、取材をし、記事を書き、紙面を編集・レイアウトする役目は雑誌の方針や企画によっても違うという。すべて社員である編集者、あるいはフリーのライターが担《にな》うこともあれば、分担《ぶんたん》すること

もある。今回は、企画を出して店のセッティングまではぶたぶたがやってくれたが、記事の執筆《しっぴつ》や写真の選定《せんてい》、レイアウトなどは只野の役目なのだという。

「取材も一人でやる予定だったんですけどね、ぶたぶたさん、甘いもの好きだから」

そうなんだ……。そこだけは、なんとなくイメージどおりではある。

「ウェブ版の記事と紙の雑誌の違いは？」

気になったことを質問してみる。

「いや、予算以外は——ってそこが一番大事なことかもしれませんけどね。あとやっぱり情報が早いですよ。好評だと本誌で改めて特集することもあるんですけど、たいていウェブ版限定の記事ですから、思いついた新しいことをどんどん載せるって感じですかね？　フットワーク軽い記事が多いですよ」

と、気さくに答えてくれた。

そんな話をしているうちに、一件目の店に到着する。

「最近西口エリアは、アジアンスイーツが充実してるんです」

ぶたぶたが連れてきてくれたのは、駅ビルの一階にある、小さなファストフードという感じのお店だった。

「若松さんは台湾《たいわん》スイーツを食べたことありますか？」

ぶたぶたから初めて直接訊かれて、成久はちょっとひるむが、

「いえ、ないです」

と普通に答えられたはず。けど本当は「食べたことあります！」と言えればよかったのかな。

「僕は台湾で食べたことあります。このお店でも食べましたよ」

只野が言う。ここは台湾にある有名スイーツ店の日本初支店《してん》なのだそうだ。

「こんにちはー」

ぶたぶたが入っていくと、店員さんの顔がぱあっと明るくなった。

「いらっしゃいませ。この間はありがとうございました」

「いえいえ、こちらこそありがとうございます」

普通の会話なのだが、それをぬいぐるみに対してためらいもなくやっている人を見ると、「なんかすごい」と思ってしまう。内心《ないしん》うろたえてはいないのか、と彼女の顔を観察したが、そういう様子はない。

ただし、店内のイートインコーナーに座っている人はどうなのか。きっと成久のよう

に驚いているに違いない。

と思ったけれど、今のところ特に反応はなかった。気づいていないのかもしれない。ぬいぐるみ、小さいしな……。

「今日は店内の撮影と物撮《ぶつど》りをさせていただきます」

さっそく只野がデジタル一眼《いちがん》で店の外観《がいかん》や内装《ないそう》をバシャバシャ撮り始める。その間に、ぶたぶたが注文を始めた。下の方からいろいろ言っている（メニューはカウンターの上にも掲《かか》げてある）が、店員さんも身を乗り出しているので、ちょっとかわいそうになる。

「あの……持ってましょうか？」

「あ、すみません。お願いできますか⁉」

ぶたぶたを抱えて、カウンターの高さに持ち上げる。これで注文をする方も受ける方も楽だ。

「若松さん、好きなもの注文してください」

「え⁉」

「あ、食べたことないのに好きなものって言っても迷いますよね。気になったものをなんでもどうぞ。ここは芋圓《ユーユエン》というおもちみたいな団子が入っている冷たいぜんざいとか、豆花《トウファ》とかが人気なんですけど、僕はこの仙草《せんそう》のゼリーが好きなんです」

黒い液体の上にベージュやオレンジのトッポギの半分みたいなものが浮いているのが仙草？

「豆花って豆腐《とうふ》みたいなものですよね？」

台湾グルメ特集の中には必ず出てくる。成久はまだ食べたことがない。

「そうです。甘くてつるつるした豆腐で、食感はプリンみたいなものですね」

「僕は豆花が好きなんで、頼んでおいてください」

只野がそう言って素早《すばや》く撮影に戻る。

「冷たいのも温かいのもありますよ」

秋はどっちもおいしく食べられて、最高だな。

「かき氷はどうします？」

「冬の号だから、今回はいいかな。ホットメニューをプッシュしましょう」

「今年から始めたホットミルク豆花がおすすめですよ」

店員さんがおすすめしてくれる。何それ、うまそー。

いろいろ頼んで、イートインコーナーへ行く。芋圓、豆花、仙草各一番人気のものに加え、今秋から始めたホットミルクシリーズに、人気のソフトクリームも。トッピングも豊富《ほうふ》で、自分好みにカスタマイズできる。

さっきまでお客さんがいたのに、今は誰もいない。食べていればぶたぶたのことにも気づくだろうに、と成久は歯嚙《はが》みをする。ここは基本的にテイクアウト専門なので、食べていく人はそれほど多くないらしい。

「芋圓にはマンゴーをトッピングしました。豆花にはイチゴです。ホットミルクのにはあずきを増量《ぞうりょう》しました。ソフトクリームは仙草です」

黒いソフトクリームだ。炭《すみ》のじゃないんだ。

二人がバシャバシャ物撮りをするので、成久も別角度《べつかくど》から写真を撮る。

「写真を撮っている俺たちとか食べてるところとか撮ってください」

「わかりました」

フードの撮影にはまだ慣《な》れていないが、そういう写真は得意なのだ。

「では、さっそく食べましょう」

そう言って、二人はぱくぱく食べ始める。いや、正確には只野が。ぶたぶたは、スプーンに山盛《やまも》りにした芋圓などを鼻の下に持っていくと次の瞬間には消えている。不思議な現象《げんしょう》を見せつけられて、成久はまた固まってしまう。

「若松さん、食べて食べて」

只野からつっつかれてあわてて食べ始める。彼の顔がちょっとニヤニヤしているのが気になったが、逆の立場になったら俺もああいう顔するよな、と思いながら、仙草ゼリーを口にする。

「あ……」

少し薬草のような香《かお》りが広がる。甘いが決してくどくない。つるんとしたゼリーだから、舌に載せるとすっと溶《と》ける。後味がすっきりさっぱりしている。

「おいしいですね」

暑《あつ》い時期にぴったり——というか、だから台湾で人気なんだな。

「でしょう？　油《あぶら》っぽい料理のデザートにぴったりなんですよ」

「それはいいですね」

こういうデザートを出しているところ、今度探してみよう。

豆花も優しい甘みでどんどん食べてしまえる。芋圓はもっちりとした歯ざわりが楽しく、どの食材と一緒に食べてもいいアクセントだ。腹持《はらも》ちもよさそうだから、組み合わせによっては軽食《けいしょく》くらいの満足感がある。

感想を言いながら写真を撮りながらも、ものの数分であんなにあったデザートを食べ終わってしまった。成久は確かにたくさん食べた。まだまだ余裕《よゆう》だ。只野も細身なのに同じくらい食べていて、しかもケロリとしている。さすがグルメライター。

それより、ぶたぶただ。まったく二人に負けていないのだ。

「みんなおいしいから、全部食べたいんですよね〜」

と言いながら、本当に食べ尽くす勢《いきお》いで食べていた。腹は……ぬいぐるみの腹は、膨《ふく》れているのかいないのかよくわからない。あまり変わっていないように見える。

なんなの、その腹は？　ブラックホール⁉　しかもタピオカミルクティーまで飲んでるし。巨大《きょだい》なやつ。腹から染《し》み出ないの⁉

絞《しぼ》ったらミルクティーが出てくるのだろうか……。つい怖《こわ》いことを考えてしまう。

テキパキと取材を終えて、店の人にお礼を言って、最初の店をあとにする。

「もう一軒のアジアンスイーツの店に行きましょう」

駅前から坂を登って団地《だんち》の間を抜けると、

「あ、ここは——」

東岡に連れてきてもらったことある。本店が香港《ホンコン》にある有名な点心《てんしん》のお店ではないか。

「大学の構内《こうない》ですね」

真新しい大学のキャンパスの一角《いっかく》に、その店はあった。

「そうです。一般の人も利用できる学食《がくしょく》なんです」

「へーっ、うらやましい！　マンゴープリンがおいしいところですよね？」

「そうです」

店内は学生でいっぱいだった。

「実は、学生で混《こ》み合う時間だと、一般客は利用を断られるんですって」

只野が言う。

「あー、まあそれは仕方ないですよね」

学食なんだし。

「だから、テイクアウトして外で食べようと思っています」

ここの店でも、対応してくれた人はぶたぶたを見ても特に驚いた様子はなかった。学食内の学生たちも、気がついている人はいない。まあ……ぬいぐるみが動くなんて普通の人は考えもしないもんな。

「ぶたさんがセッティングしてくれると、楽なんすよね」

まるでこちらの気持ちを読んだように、只野が耳打ちをする。

「一度驚くと、みんな慣れますから」

ふふふ、とうれしそうに笑う。

ぶたぶたは、マンゴープリンと杏仁豆腐《あんにんどうふ》、またまたタピオカミルクティーと、マンゴードリンクをテイクアウトする。只野は店の外観と店内を写真に収めた。成久はやることがない。

「少し歩きますけど、大きな公園がありますから、そこに行って食べましょう」

そこでも怒濤《どとう》の撮影タイム。自撮《じど》り風に公園のいろいろなところで撮ってみた。整《ととの》えられた公園ではなく、自然林《しぜんりん》がそのままというところで、野鳥《やちょう》の観察やバーベキューもできるらしい。古民家《こみんか》が移築されていて、そこはとても雰囲気があった。ぶたぶたが撮影しているところを、つい撮影してしまったりして。古《ふる》びた家屋《かおく》を背景にしてカメラを構えていたりするのが、けっこう決まっている。でも、この写真はきっと、仕事として望まれているものではないだろう。とてもかわいいのに、ちょっと残念。

撮影後は縁側に座り、田んぼ（近所の小学校用の）を見ながらスイーツを食べた。また格別においしかった。

マンゴープリンも杏仁豆腐も安定の味で、これを気軽に持って帰れるのはうれしい。飲み屋街も楽しいし、ここは面白い街だなあ、と思う。

「まだお腹は大丈夫ですか？」

ぶたぶたが訊いてくる。

「全然平気です！」

水分でお腹ガボガボだが、苦しくはない。

「じゃあ、次のお店に行きましょう」

「次もアジアンスイーツですか？」

「いいえ、焼き菓子のおいしいケーキ屋さんのやっている小さなカフェです」

小さなケーキ店のイートインスペースでは、近所の人がふらっと立ち寄ってコーヒーを飲んだり、買ったケーキを食べたりしていた。三席しかないが、居心地《いごこち》のよいソファや椅子《いす》などを工夫《くふう》して配置してあり、狭《せま》さを感じない。

若い女性店主が一人で切《き》り盛《も》りしていて、飲み物も丁寧にいれてくれる。人気はホットチャイだそうだ。

「最近、この街にはこういう小さなカフェが増えてるんです。一人か二人で充分回せるくらいの規模《きぼ》で、のんびりできるところが。昔とだんだん変わってきているんですよね」

只野が外観をバシャバシャ撮っている間、ぶたぶたが説明してくれる。

「昔……」

この人（？）、いくつなのか、と思う。声は四十代といったところか。もしかして、ちゃんとそれだけの年数生きているのだろうか。

「西口は高台の住宅街だし、東口は飲み屋が主ですから、こういうおしゃれなというか、地元の人に親しまれるお菓子のお店がなかなか定着《ていちゃく》しなかったらしいんですよね。最近いろいろできてきたということは、大学のおかげもあるんでしょうが、住人が少し変わってきたのかもしれません」

中に改《あらた》めて入り、ケーキや焼き菓子を注文する。店で食べる焼き菓子なら、各種のマフィンがおすすめだそうだ。

「今日はシュークリームあるんですね」

「はい、シューアイスもありますよ」

シューアイス！　なんだかなつかしい。子供の頃はよく食べた。

「じゃあ、栗《くり》のシュークリームとシューアイスと、ガトーショコラとコーヒーゼリー
──」

また山ほど注文する。

焼き菓子は個包装《こほうそう》してあるので、持ち帰って食べるらしい。

「僕は、ここのフィナンシェが、フィナンシェの中で一番好きなんです」

残念ながら、まだまだ成久のスイーツ知識《ちしき》は足りなくて、フィナンシェというのがど
ういうものか具体的に頭に浮かばない。

「マフィンは温めてもらってここで食べましょう」

マフィンも焼き菓子、という知識くらいはあるが……。

「俺、ブルーベリーのが一番好きなんですよ」

只野がうれしそうに言う。

「抹茶《まっちゃ》にホワイトチョコっていうのは、あったためるとおいしいよね」

「チョコチップよりも中に入ってるからちょうどよく溶けるんすよね」

二人共これだけの種類のものをほとんど食べたことがあるらしく、成久はびっくりする。本当に自分はまだ何も知らないのだ。愕然《がくぜん》としてしまう。

温められたマフィンも並び、再びの撮影タイム。窓際《まどぎわ》の明るい席なので、とても雰囲気のいい写真が撮れた！

「シューアイス、おいしいです」

アイスも手作りだという。抹茶を選んだが、お茶の風味《ふうみ》とミルクのバランスがいい。薄《うす》めでカリカリなシュー生地《きじ》とも合う。

「栗のクリームは、餡《あん》みたいですよね」

只野がむしゃむしゃシュークリームにかぶりついている。ほんとだ。ちょっと和菓子っぽい。でも生クリームと相性《あいしょう》がいい。

マフィンもコーヒーゼリーもおいしかった。マフィンの甘さはなぜかなつかしさを感じた。その反対にコーヒーゼリーは甘みがなくて、添《そ》えられたクリームの濃厚《のうこう》さで食べるみたいなのが珍《めずら》しかった。

「コーヒーゼリー、この間いただいた時とちょっと変わりましたね？」

ぶたぶたがたずねている。

「はい、今回はゼリーをクラッシュしてみました。どうやると一番おいしいかなって試《し》行錯誤《こうさくご》してます」

「クリームも変わってますよね」

「あ、やっぱりわかりますか？」

そう言って店主は笑った。一人でやっているとそういう自由度もあるってことなのかなあ。

店を出ると、ぶたぶたが小さな紙バッグを差し出した。

「はい、これ、おみやげ」

「えーっ、そんな！」

手伝いをしているだけなので、個人的な買い物をするのは避《さ》けていたのだ。あとでまた来ればいいし。

「フィナンシェとチョコサブレとココナッツマカロンが入ってます。僕のおすすめです」

点目の上にビシッとしたシワが入っていた。それは——ドヤ顔なのかな？

「ありがとうございます」

「いやー、助かってるから。二人じゃこんなに食べられないですよ、普通」

只野が言うが、いやいや、食べてるって、ぶたぶた！　一番食べているのは確かに成久だけど、あとの二人はほぼトントンだ。人間とぬいぐるみの食欲《しょくよく》なんて、比べようもないから、それはすなわち、絶対すごい！

と思ったが、とても口には出せなかった。


それから小さなお店を三軒回った。

天然酵母《てんねんこうぼ》のパンとふわふわクリームプリンが売り物のカフェ、製菓《せいか》専門学校の同級生三人で作ったケーキ店、そこのケーキを出しているカフェでは、赤ちゃんとお母さんが安心してくつろげるスペースを目指しているという。

どこでもしこたま注文し、すべてきれいに食べて、短時間でさっさと失礼する、というのをくり返し、気がついたらもうすっかり夜になっていた。

さすがに成久もお腹いっぱいになった。

「最後に一軒だけ寄ってもいいですか？」

「いいですよ」

只野が快《こころよ》く返事をするが、ええーっ、もう食べられないよー！　と心の中で叫《さけ》ぶ。

「でも、もう何も食べられないです」

只野はあっさりと言う。するとぶたぶたは、

「いや、僕もだけど。でもそこ、多分食べられないと思うな」

なんだろう？　どうして食べられないの？

案内されたのは、駅近くのひっそりとした路地《ろじ》にある小さなカフェだった。焼き菓子のおいしいお店より、さらに小さなところだ。

「あー、ここはいつも行列《ぎょうれつ》しているところですね」

只野が言う。

「そうです。姉妹で経営《けいえい》されている新しいお店なんですけど、もうかなりの人気店ですよ」

しかし今は行列はない。もう閉店時間なんだろうか？

「取材できるんですか？」

只野の問いに、ぶたぶたは首を振《ふ》る。

「やっぱり小さいところだし、これ以上人が増えるとご近所にも迷惑《めいわく》がかかるから、紹

介しないでって言われました」

「無理でしたかー。じゃあ、取材はこれで終わりですね」

「そうです」

「俺、次の仕事あるんで、お先《さき》してもいいですか？」

「はい。お疲《つか》れさまでした」

「ありがとうございました。若松さんも今日はありがとうございました。ほんと、すごく助かりました。メールで改めて連絡しますねー」

「あ、ありがとうございましたー！」

只野はさっさと駅の方へ行ってしまった。満足にお礼も言えてないのに……いいのだろうか。

「わたしはここでお茶でも飲んでいこうと思ったんですが、若松さんもいかがですか？」

呆然としている成久に、ぶたぶたが声をかけてくれる。

「え、行列がないってことは、もう閉店時間では？」

「時間は平気なはずですけどね」

ぶたぶたが重そうなドアを開けて中に入る。若松があわてて支《ささ》えたが、なんでこんな重いドアが開けられるの？　あんなに柔らかい腕なのに。

中に入ると左手にケーキのショーケース、そして右手にカウンター席があったが、座れて四人というところだろうか。でも内装はとてもかわいらしくシックで、ＳＮＳ映《ば》えしそうな空間だった。

しかし、ショーケースにはケーキが一つもなかった。そうか。だからみんな帰ってしまうんだ。

「すみません、飲み物ならお出しできますけど……」

成久に向かって、店主の女性が申し訳なさそうに言う。

「こんばんは」

ぶたぶたが背伸びをして手を振ると、彼女も気づいた。

「あ、こんばんは。先日は取材断ってしまって、どうもすみません……」

なんだかさらに恐縮《きようしゆく》しているようだ。

「先日はこちらこそすみません。無理なお願いをしたのはこちらなのに。そんな謝らないでください」

あわててぶたぶたが言うと、店主はちょっとほっとしたような顔になった。

「あと三十分で閉店ですけど、ゆっくりしていってください」

「じゃあ、ホットのカフェラテをください」

「あ、えーと、ブレンドコーヒーをお願いします」

成久も頼む。

二人でカウンターに並んで腰掛《こしか》ける。成久のガタイでは席二人分近く取ってしまいそうだったが、ぶたぶたが小さいのでプラマイゼロだ。

「ここのケーキはどんななんですか？」

コーヒーを飲みながら、ぶたぶたにたずねる。

「主《おも》にチーズケーキですね。あとはティラミスとブランマンジェ、ゼリーとか。さっぱりしていておいしいです」

どんな味なんだろう。今度来てみようかな。でも行列か……。

「今日はいかがでしたか？」

「あ、えーと、とても楽しかったです」

……言ってから「小学生みたいだな」と我ながら思う。

「只野さんから聞いていたんです。グルメライター志願《しがん》とか」

「はあ、そうなんですけど……」

確かに楽しかった。おいしいものもたくさん食べられたし、甘いものばかりでも自分がまったく平気だということもわかった。

でも同時に、やはり大変なんだと理解した。

「いろいろなことをいっぺんに同時にやらないといけないんですよね」

店や店主や料理の写真を何枚も撮り、食べた感想をメモや録音録画するなりしてすべて記録し、もちろん注文したものは食べるなり持ち帰るなりして無駄にしない。取材時間は守るし、他のお客さんの迷惑にならないようにもする。

成久も写真を撮ったりはしたけれど、基本は食べる要員であり、本当におまけみたいなもので、ほとんど働いていなかった。

「只野さんは一人でやられることも多いですね。予算がない場合は」

はー、大変だ。一人でやることを想定して計画を立てねばならないってことだな。

「今日はこれから、焼肉《やきにく》屋さんに取材だそうです」

「お腹いっぱいなのにですか⁉」

うわー。

「いかがですか？　実際に一日つきあってみて」

ぶたぶたの点目が問いかける。これは自分に何を言わせたいんだろうか。「それでもやりたいです！」か、それとも「できそうにありません」か？

正直に言うと、成久はわからなかった。取材の段取《だんど》りなどはやっていけばそのうち慣れるんじゃないかと思うのだ。今の仕事だって、最初から何もかもできたわけじゃないんだから。

でも、そういう実務《じつむ》的な部分以外にわからないことが多すぎる。あとはもう、只野の記事を読むしかないのだが、この雑多《ざった》な取材の中から使った言葉を拾《ひろ》い上げ、うまいこと構成し、笑わせたり興味を抱かせたりする文章を書く。その作業は勝手気ままにブログを書くのとはわけが違う。センスが必要なのはもちろん、店側や読者両方に配慮しなければいけないし……そんな細《こま》やかなこと、自分にできるだろうか。

たった一回だけれど、実際に見てみるとわかることもわからないことも出てくる。

「まだわからないです」

成久は正直に答えた。

「でも、食べる要員だったら、充分手伝えると思います」

ぶたぶたはアハハッと声を上げた。口が開くか⁉ それとも鼻が⁉ と思ったが、身体が派手《はで》に揺れただけだった。

「ブログ、読みましたよ。あの調子で続けていいんじゃないですか？」

「ほんとですか⁉」

うれしい。誰に読んでもらってもうれしいが、ぶたぶたに読んでもらえるとなおさらなのはなぜ？

「今日食べたお店も、改めてまた行ってブログ書きます」

じっくりマイペースで食べる、というのもやっぱり楽しいから。

「楽しみにしてますね」

ぶたぶたはとても優しそうに笑っていた。いや、そう見えた。成久みたいな「グルメライターになりたい」なんて人はたくさんいるんだろうな。その中で自分は、彼にどんなふうに見られただろう。こんな慈悲深《じひぶか》いとも言える微笑《ほほえ》みを向けてくれるなんて——いいのか悪いのか。

「また何か手伝えることがあったら、お願いします」

そんな言葉が口から出ていた。ぶたぶたは、今度はちょっと驚いた顔になった。

ライターになるかどうかは別にして、ぶたぶたや只野を手伝いたい。中途半端《ちゅうとはんぱ》なことかもしれないが。だってぶたぶたが甘いものを食べているのを見るのは楽しい。もっと別のものを食べるところも見たいと思ってしまったのだ。

「助かりましたって、只野さん言ってましたから。あれって本当ですか？」

社交辞令《しゃこうじれい》だったかな？

「いや、ほんとに助かりました」

「じゃあ、また呼んでください」

図々しいかな？　おいしいもの食べたいだけって思われたかな？

でも、それも本当だから、まあいいか。

長い夢

小説家としてデビューして、十年くらいたったろうか。

待ち合わせの喫茶店《きっさてん》でコーヒーを飲みながら、湊礼一郎《みなとれいいちろう》は考えていた。

そしてその間、何度編集者と会っただろう？

指折り数えて、両手程度で足《た》りるくらいしか会っていないと気づいた。これがやはり少ない、というのは、先日、先輩小説家・海老沼樹《えびぬまいつき》に会ってようやくわかったことだ。

「いや、特に支障《ししょう》がなければ、会わなくても全然いいと思うよ」

海老沼は、デビューして二十年以上になるベテラン作家で、若い頃は東京に住んでいた。

「その頃は飲んだりするのも仕事のうちだと思っていたフシもあったな。酒、弱いのに」

礼一郎も酒が飲めない。調べたことはないが、アルコール分解酵素《ぶんかいこうそ》がないタイプの下戸《げこ》だと思われる。酒の味自体は嫌いではないのだが。

「あと、業界のパーティなんかで営業《えいぎょう》するっていうのも大事なことだって当時の編集さんに言われたなあ」

それは礼一郎も耳にしたこともあったので、一度一人で出てみたら、担当の編集者以外とはまったくしゃべることができなくて、トラウマになるくらいみじめな気分を味わった。それ以来パーティには出ていない。

そんな礼一郎だったのに、書くジャンルや出版社もまったく違う海老沼と仲良くなれたのは、SNSのおかげだった。そう、ネットのおかげで、編集者と会わなくても充分仕事はやっていける時代になっていた。

「まあ、昔だって会わないで電話で全部すますってことはできたんだけどね」

と海老沼は言う。

小説家の仕事というのは、原稿を書いて出版社へ送り、編集者が読んで問題点を指摘《してき》し、小説家はそれを直すなりして原稿を完成させる。出版社は原稿を本にするため、校《こう》正《せい》ゲラと呼ばれるものを印刷所から出力《しゅつりょく》してもらい、それを小説家と編集者で校正し合い、納得いく形になったら本として印刷してもらうのだ。

その行程が的確《てきかく》に行われているのであれば、無理に会う必要ははっきり言ってない。

原稿がギリギリになってしまって編集者が取りに来るとか、そういうことも今はない。メールなら一瞬でファイルが送れるし、顔を突き合わせて打ち合わせをしなくても、スカイプ（ネット経由のテレビ電話）なら資料などを見せ合うこともできる。音声だけの電話よりさらに便利なのだ。

海老沼の昔の話などを聞くと、ほんとにパソコンやネットがあってよかったと思う。

「最初の方は原稿用紙《げんこうようし》に手書きだったけど、すぐにワープロに切り替えたよ」

パソコンではなく、ワープロ。

「でもメールでは送れないし、環境《かんきょう》がなければフロッピーのデータを送ることもできないし」

フロッピーなんて、「保存」のアイコンとしてしか残っていない。

「〆切《しめきり》に間に合わそうと思ったら、前日までに印刷して郵送《ゆうそう》しなきゃいけなかったんだから」

今なら、当日中にメールで送ればセーフだ。ギリギリまで書くことができる。

「メールで送れるようになっても、テキストでもまだ容量《ようりょう》が大きいから、圧縮《あっしゅく》して小さくしないといけなかった」

「なんですか、その圧縮って⁉」

海老沼のデジタル昔話には驚かされる。

「昔と今はいろいろ変わったよ」

コーヒーと甘いものを前に、この間まで会ったこともなかった飲めない男二人が仕事の愚痴《ぐち》を言ったり、馬鹿話《ばかばなし》をしたりしているのだ。

「今は編集さんだって、どんな人かわからない人っているもんね」

「海老沼さんでも？」

「うん。メールのやりとりだけの人ってけっこういるよ」

礼一郎はほとんどの担当編集者とはそんな感じだ。地元に来てくれる、と言ってくれても、断ることが多かった。飛行機を使う距離だからなんとなく申し訳ないというのと、ぶっちゃけ知らない人と会うのがめんどくさい。

でも、今回待ち合わせをしている人は、

「ぜひ一度お会いしたいです」

と熱心に言ってくれた。以前別の出版社で出した本を気に入ってくれ、「一緒に仕事がしたい」とメールをくれたのだ。今までそうやって連絡してくれた人でも、「わざわざ来てもらわなくても」と言うと引いてしまうのだが、その人は本当に熱心だったので、お言葉に甘えることにした。

「いろいろな編集さんがいるから、仕事をするしないは別にして、会える時は会っておいた方がいいよ」

と海老沼に言われたことも後押しした。今まで噂（と言ってもSNSでだけど）に聞くようなひどい編集者に会ったことはないが、あまり熱意が感じられないとか、こちらで提案《ていあん》したことをうやむやにされたりとか、いくらかモヤモヤが残ることはあった。

「わざわざ来てもらわなくても」と言うと引き下がる、というのが判断基準《はんだんきじゅん》ではないが、なんとなくないがしろにされていたように思うことが、なかったわけではない。でも、会わずとも仕事がやりにくくなるとか干《ほ》されるとかいう実害《じつがい》はないから、ちょっと気になってもすぐに忘れていた。

ということで、今回はせっかく食い下がってくれたので会うことにした。そういう人がこれまでもいなかったわけではないが、こっちは固辞《こじ》するばかりだった。そうなるとやはり向こうだってあきらめるものだ。

一応、テーブルの上には目印の自著《じちょ》を置いてある。どんな人が来るんだろう。そわそわというか、少し不安がある。それも、知らない人に会うとか、どんな話をしたらいいのか、というごく普通の不安ではない。

待ち合わせについてのメールに、こんなことが書いてあったからだ。

私はすぐにわかるはずです。驚かせてはいけませんので書いておきますが、私はぬいぐるみです。

……かなり不安である。

単純《たんじゅん》に自分のことを「ぬいぐるみ」と言う人への疑問と、自分のことを買ってくれる熱意ある編集者はかなりの変わり者ではないか、という複雑《ふくざつ》な気持ち。

普通の人は、自分の小説を評価してくれないのか、というなんともいえない失望感《しつぼうかん》を味わったのも事実だった。

ただ、「ぬいぐるみ」と言われてどんな人なのだろう、という想像は捗《はかど》った。ぬいぐるみ=着ぐるみだとすれば、常にそのようなものを着ている人、着ないと何か差し障りのある人ということだろう。それはある程度受け入れることはできる。人にはいろいろ事情があるものだ。

しかし、「自分をぬいぐるみと思い込んでいる人」だったらどうだろう？

……いや、それでも社会人としてきちんと仕事をしているわけだし。それはメールの文章を読んでいればわかる。単にそういう人というだけで、他には特に問題ないのなら、それはそれでいいのではないだろうか。

あとは——本物のぬいぐるみである、とか。

いや、それはいくらなんでもないだろう。そんな不思議なことは。

自分にそんなことは起こりっこないのだ。小説を書き始めたのは、そのせいというか、そのおかげと言える。小さい頃から平凡《へいぼん》で、何も特別なところがなく、劇的《げきてき》なことも奇《き》跡的《せきてき》なことも起こらず、ただただ時が流れるだけの生活をしていた自分にとって、思いがけない人生を与えてくれるのは物語だけだった。小さい頃は、自分で不思議や奇跡を起こせるのではないか、といろいろ挑戦《ちょうせん》してみたが、十代になると「それは無理だ」と簡単に悟《さと》った。

だから、そのかわりに小説を書き始めたのだ。自分に起こらない不思議や奇跡を、自分で想像して書く。それを読んだ人が「面白い」と言ってくれる。「こんなこと、起こ

 るといいな」と喜んでくれる。

自分にできることというか、起こることはそれだけだな、と思っているし、今までもこれからもずっとそうだと思っている。

「湊さんですか？」

と後ろから声がかかった。落ち着いた中年男性の声だった。メールの文章から想像していたとおりの声だったので安心して振り向くと、礼一郎は固まった。

そこには、ぶたのぬいぐるみが自立していた。喫茶店にはあまり客がおらず、背景に誰もいなかったから、とてもシュールな絵面《えづら》だった。誰か（声かけをした人？）が置いて姿を消すほどの間《ま》があったとは思えない。あんな華奢《きゃしゃ》な足で自立させるには、それなりに時間もかかりそうだし。

編集さんが置いたのか？　そんなことをわざわざする意味って？　初対面の人（自分）に対して？

謎《なぞ》だ……。自分はミステリーはあまり書かないけれど、これはかなり面白い謎だな、と思う。おそらく真相《しんそう》は「なあんだ」というようなことであろうが、これはいわゆる「日常の謎」というものではないか。不思議なことには縁のない人間としてはワクワクしないわけがない。

「湊さんですよね？」

しかし、誰もいないはずの目の前からさっきと同じ声がした時には、さすがに首を傾《かし》げざるを得ない。しかも、ぬいぐるみから直接声が聞こえた気がした。そんなはずはなかろう。だってぬいぐるみだから。

「はい……」

どこかにいる人間に対して、礼一郎は一応返事をした。

「はじめまして、山崎と申します」

ぬいぐるみが片手（？）を差し出しながら、近寄ってきた。手（？）の先には、濃《こ》いピンク色の布が張ってあった。

山崎⁉　山崎って待ち合わせをしている編集者の名前ではないか！　さらにいえば、山崎の下の名前は「ぶたぶた」――最初にメールでフルネームを見た時は「変わった名前だな」と感じたが、「ぬいぐるみです」と言った時点で察したというか――まあ、執筆活動をしている編集者のペンネームだと思うとそれほど妙なことではない。

あれ？　あの言葉は本当だったの？　「私はぬいぐるみです」というのは？

いやいや、そんなはずはない。自分にそんなことは起こるはずない。そういうことに縁のない人間だったし、これからだってそうなんだから——。

ぬいぐるみは足を止めた。

「あ、すみません。驚かせてしまいましたね」

点目の上に、シワが刻《きざ》まれた。そのシワが奇妙なことにとても悲しそうに見えて、礼一郎はなぜか罪悪感を抱く。「ぬいぐるみ」ってちゃんと自己申告《じこしんこく》していたんだから、彼には罪《つみ》はない。勝手に驚いて固まっているのは自分の方だ。

しかし……礼一郎はまだ信じられなかった。本物のぬいぐるみが動いてしゃべっているだなんて。しかも編集者だなんて！

夢かな……？

……夢かも。

そう思って、礼一郎はちょっと落ち着く。現実に不思議なことは起こらないが、自分の見る夢はとても変で面白いものが多いのだ。この間も海老沼にいくつか話して、めちゃくちゃ受けた。たまにだが、小説のネタにすることもある。ほとんどは荒唐無稽《こうとうむけい》すぎて、文章では表現しづらいものなのだが。

これ、夢だとしたらかなり面白い。しかも明晰夢《めいせきむ》――つまり、夢と自覚して好きなことができる夢じゃないか！　初めて見る。すごい。一度見てみたいと思っていたのだ。

試《ため》しにコーヒーを飲もう。

コーヒーカップを取り上げ、飲んでみる。うん、うまい。ちょっと冷めてきたけど、ちゃんと飲める。礼一郎は夢の中でものを食べられるタイプだ。

これは――かなり楽しくなってきたぞ！

「大丈夫です。確かに驚きましたが、メールで前もって言っていただいてましたから」

よし、ちゃんと言えた。目の前のぬいぐるみは、本物のぬいぐるみ、あるいは礼一郎にだけぬいぐるみに見えていると認識《にんしき》するのだ。外見がちょっと変わっているだけの編集者と思えば、それほどおかしくはない。

いや、せっかくの面白い夢なんだし、それはちょっともったいないかな。ぬいぐるみであることを否定することになってしまう。やはりそれはちゃんとわかっていることを示した方がいいかも。

「本当にぬいぐるみだったんですね」

思ったことはなんでも言っちゃうぞ。

「はい。——あ、座ってもよろしいですか?」

あら、さらっと流された。

「もちろん、どうぞ」

ぬいぐるみは勢いよくピョンと飛び上がり、椅子に座った。そして、背負っていた黄色いリュック(気づかなかった)をお尻の下に敷《し》く。

「すみません」

礼一郎が店員を呼ぶ。高校生くらいのウエイトレスが注文票《ちゅうもんひょう》を持ってやってくる。

「何を飲みます?」

「あ、ホットコーヒーをお願いします」

ぬいぐるみが女の子に点目を向けてそう言う。鼻がもくもく動いている。何気なくそちらに目をやった女の子のペンの動きが一瞬止まったように思ったが、

「かしこまりました、お待ちください」

と言ってそそくさと立ち去った。なるほど、自分以外に驚く人もいるということは、やはり見た目はぬいぐるみなんだな。そういうこととして行動しよう。

「わざわざお時間を割《さ》いていただき、ありがとうございました」

ペコリと頭を下げると、テーブルにすっぽり隠れてしまう。大きな耳だけがちょっと見える。

「いえいえ、こちらこそここまで来ていただき、ありがとうございます」

相手が人間であったら言ったであろうことを言う。

「山崎ぶたぶたです。よろしくお願いいたします。椅子に立ってで申し訳ありませんが」

そう言われたので、礼一郎も名刺を取り出し、交換をした。ぽふぽふの手（先っちょの濃いピンク色の布がひづめみたい）で持つというか、上に載せて。ほんとに「山崎ぶたぶた」と書いてある……。

椅子に座り直すと同時に、コーヒーが運ばれてきた。ウエイトレスは極力《きょくりょく》ぬいぐるみ——ぶたぶたを見ないようにしているような気がしないでもなく。

「湊さんのこの本を読んで感動しまして、ご連絡を差し上げました」

ぶたぶたは、いつの間にか取り出していた文庫本を手にそう言った。

「あ、ありがとうございます」

それはシリーズ物ではない単独作《たんどくさく》だった。自分ではとても気に入っている現代ミステリーだ。かなり気合を入れたし、面白く書けた自信もあったけれど、あまり売れなかった。たいていの編集者は礼一郎の看板《かんばん》シリーズものを読んで連絡してくる。それは人情《にんじょう》もののコメディで、ある下町を舞台にワケありの便利屋《べんりや》がいろいろなことを解決したりひっかき回したりする話だ。

もちろん他のものもすべて読んできてくれるのだが、この作品を推《お》してくれる編集者は少ないので、ことさらにうれしい。

「またこのようなシリアスなミステリーが読みたいと思ったんです」

「あー……僕も書きたいと思ってるんですけどね」

コメディのシリーズがヒットしてしまったので、それ以降《いこう》さらにシリアスなものが売れなくなってしまったのだ。売れてくれる（といっても大ヒットまではいかないが）のはとてもありがたいが、「コメディ作家」みたいな印象が定着しつつあるのかな、と感じている。新しく仕事をする場合も、「コメディを」と言われることが多い。それはそれでとてもありがたい。シリアスなのを書いて「笑えない！」と文句《もんく》を言われたら、それはそれで笑えないなあ、とも思う。

「もちろん、他に書きたいものがおありなら、そちらも読みたいです」

そう言ってぶたぶたはコーヒーカップを持った。椅子が低い（違う。彼が小さいからだ）のでかなり取りづらそうだったが、両手で持って口に運ぶ。いや、口はどこにあるかわからない。まさか、突き出た鼻を突っ込んで飲む？

固唾《かたず》をのんで見守っていると、ぶたぶたは鼻の下あたりにコーヒーカップのふちを押しつけ、ぐーっと身を反《そ》らせた。そして、かちゃんとカップをソーサーに戻す。

「おいしいコーヒーですね」

「そうですね」

昔から地元で愛されているコーヒーショップで、礼一郎はよくここでゲラ直しをする。原稿は家で書いた方がはかどるけど。

——ってぬいぐるみにコーヒーの味がわかるのかよーっ、と叫びたくもなるが、一応ちゃんとした編集者として扱《あつか》うと決めたので、それは言わない。ぬいぐるみに見えているとすぐに指摘してしまっては、やっぱりつまらないのではないか？　ここはやはりできるだけ引っ張らねば。

「何か書きたいものはありますか？」

ぶたぶたは速《すみ》やかに仕事の話へ戻る。

「うーん……」

夢とはいえ、そう訊かれると礼一郎も真剣《しんけん》に考えざるを得ない。これが現実だったら、変な遠慮《えんりょ》というか、配慮《はいりょ》というか、そういうものが入ってきたりする。要するに、仕事に確実につながるようなネタを出そうとするということだ。それと自分の書きたいものをすり合わせていくというか。

でも、夢の中ならそんなことに配慮する必要なんてないだろう。何しろ自分の夢なんだから。

自分が今一番書きたいことってなんだろう。もちろんミステリーも書いてみたい。ホラーとかSFでもいい。看板シリーズが映画やドラマやアニメにならないかなー、と考えたこともあるが、似たような雰囲気のものはラノベなども含めてたくさんある。どれも違うものだと認識しているが、自分のシリーズが飛び抜けて売れているわけでもない。だから、話はあっても映像化《えいぞうか》にまでは至《いた》らない。

この際、そういうものを目指してみてもいいかもしれない。誰が主演とか妄想《もうそう》して書いたりして。当て書きってやつか！　何回でも泣ける感動作とか！

でも、これってジャンルはなんだ？

「恋愛《れんあい》ものですか？」

えっ⁉

「まあ、恋愛ものだけが映像化されるわけではないですけれど」

「え……今俺、口に出して言ってましたか？」

「はい」

ええーっ⁉　なんであんな妄想をだだ漏《も》れさせてしまったのー⁉

……まあ、いいか。夢だから。

「恋愛ものにはちょっとあこがれてはいますけど、そういうんじゃないんです」

小説家であればすべてのジャンルに挑戦すべき——とまでは言わないが、書いてみることは決してマイナスにはならない。しかし恋愛ものはどうも書き出しから「なんか違う」と感じることが多く、キャラクターも自然に動かない。きっと今は書く時期ではないのだろう、と考えている。きっとその時期を待ちわびたまま、死んでいく物書《ものか》きも多いのだろうな、と思うが、それは物書きの夢の一つなんだろう。「いつか書きたいものがある」と死ぬまで夢見るのは、ある意味幸せだ。

「では、どういうものですか？」

ずばりと訊かれるが、しょせん点目だ。厳しい視線というわけではない。

「実は、自伝《じでん》的な物語です」

現実であったらとてもここまであけすけには言えない。まず先にストーリーを説明するだろう。それが自伝的かどうかは、自分だけが知っていればいいことだ。

「ほう。そんな物語の構想《こうそう》が？」

「いや、まあ構想というほどのものではないんですけど」

何回か書こうとしては書き直して、というのをくり返している原稿があるのだ。

「ただずっとひっかかってることがあって」

「なんでしょう？」

「俺の人生が、とっても地味《じみ》ということです」

すなわち、ただ書いてもとても地味な作品になるということなのだ。

「でも——派手な人生ってなんなんでしょうか？」

額《ひたい》というか、点目と点目の間に深いシワを寄せて、ぶたぶたは言う。それをぬいぐるみに言われるとは——なんだか心外《しんがい》だ。平凡な人間と生きているぬいぐるみ。どっちが派手な人生かと問われれば、絶対にぬいぐるみの方に軍配《ぐんばい》が上がるだろう。しかも圧倒的にレアな存在だ。現実ならば、だけど。

「まあ、ぬいぐるみの人生と人間の人生はなかなか比べにくいと思いますが」

うっ、また声に出して言っていたらしい。あちゃー。言ってる時と黙ってる時があるみたい。でも、夢だから平気平気。

「なんで自伝的な作品を書こうと思ったんですか？」

まるで書き上がったあとのインタビューのようだな、と感じながら、ちょっとそんな気分で答えてみる。

「五年くらい前でしょうかね。原稿が進まない夜中、目を覚《さ》ますために洗面所で顔を洗って顔を上げた時、自分が気味悪《きみわる》いくらい父と似ていることに気づいたんです」

あの時の衝撃は昨日のように憶えている。それまで自分は、どちらかというと顔は母似だと思っていた。それが、こんなにも父に似ているのかと気づき、それと同時になぜか「歳を取った」と感じたのだ。

当然だが自分は、父の子供の頃は知らない。父が若かった頃と自分の幼《おさな》い頃は重なっているが、その頃に「若い」という印象を抱くはずがない。父は自分よりものすごく年上の大人としてしか見てこなかったし、それは今も変わらない。だから自分と父の顔がそっくりなことに気づいたことで、自分の重ねた歳を感じたのだ。

「その時、父が自分と同じ年齢だった頃、父は何をしていたかな、と考えたんです」

礼一郎は今、三十九歳で、同級生だった妻とは共《とも》働き、中学生と小学生の子供がいる。三十九歳の頃の父はどんなだったろう、と歳を計算してみると、自分は高校生で、妹は中学生だった。ほとんど変わらない家族構成だ。

でも、その頃の父は年齢より老《ふ》けた顔をしていた。だから、似ていることにショックを受けたのかもしれない。――いや、それは礼一郎が勝手にそう思っているだけだ。客観的に見れば、多分あまり変わらないのだろう。

「何をしていましたか?」

「それがあまりよくわからない」

礼一郎は苦笑《くしよう》した。会社へ行っていた以外は、いつも家にいたように記憶している。高校生だから、というわけではなく、父とはあまりしゃべった記憶がない。いや、もちろん用事があれば話すけれど、それ以外で、たとえば学校であったことなどを楽しくしゃべる、というのもなかったように思う。

年齢的なことなのか時代的なことなのか、父はいわゆる「雷《かみなり》親父」みたいな雰囲気の持ち主だった。真面目《まじめ》な働き者だったが、亭主関白《ていしゅかんぱく》で家のことは何もやらず、休日にはふらりと一人で出かけていた。どうもギャンブルをしていたらしいが、身上《しんしょう》をつぶすほどではなく、ちょっとした息抜きくらいだったらしい。

「悪い人ではないんです」

それを言うなら、母親もそうだ。専業主婦だった母は、身体が弱く、寝込むと母方の祖母がやってきて、自分たち兄妹の面倒を見てくれた。はっきり言って、自分たち兄妹はほとんど祖母に育てられたようなものだった。そのおかげなのかなんなのか、母は今はけっこう元気なのだが、節目《ふしめ》節目の思い出に母の姿はあまりない。もちろん、父も。

結局、両親はともに自分自身の面倒で精一杯《せいいっぱい》なのだ、と礼一郎が悟ったのはいつ頃だったろう。割と幼い頃だったように思う。「子供に関心がなかった」とも言えるだろうが、特に母に関してはそういう悪気《わるぎ》はなく、毎日生きるだけでいっぱいいっぱいだったようなのだ。父は多分、なんとなく世間一般の父親像を鵜呑《うの》みにし、それを正す人もいないまま来てしまっただけの人に見える。

妹は、そんな両親に小さい頃から反発していた。しかし自分はそんなこともせず、両親となんとなく距離を取って、表向きは何も問題がないような関係を維持《いじ》している。礼一郎が結婚して、車で三十分くらいのところに引っ越しても、孫たちが生まれても、関係性はほとんど変わらない。たまに電話したり、盆暮れに帰ったりもするが、泊まったりはしない。

問題など起こりようがないのだ。お互いに関心が薄いから、衝突《しょうとつ》も起こらない。若い頃に衝突をくり返していた妹の方が、今はいい関係になっているかもしれない。まあ、これも本人にしかわからないことだが。

「なので、表向《おもてむ》きはほぼ問題がないんです。だからこそ、自伝としてはまったく地味というか、弱いし、意味はあまりない」

「いや、そこは読者が判断することですし」

なんと優等生《ゆうとうせい》な答えだろうか。

「単に俺のモヤモヤを解消しようとしているだけって感じがしません？」

せめてもう少しドロドロしたところでもあれば——しかし、両親ともに他の人に迷惑をかけていないし（祖母は大変だったかもしれない。もう十年前に亡くなったが）、これくらいのことではまったくインパクトはない。

「とはいえ、それにインパクトを与えるのが小説家の仕事ではありますよね」

独《ひと》り言《ごと》のように礼一郎は言う。というより、これまでもほとんどそんなものだった。編集者を前にして何かを言っているというより、本当にぬいぐるみを前にして言っているみたい。つまり、誰に聞かすわけでもない言葉を言っている。まさに妄想のだだ漏れ状態だ。

「だから、一応考えたんです。こんなに似ている自分がタイムスリップして父の前に現れたら、父はどんな顔をするかなって」

でも、困ったことにそれが全然想像できないのだ。原因《げんいん》はわかっている。礼一郎が父のことを何も知らないからだ。

「うーん」

ぶたぶたが鼻をぷにぷにしている。かわいい。なんでそんなことしているんだろう。考え事をしているように見えるけど、当たっているだろうか。

「誰だと認識するんでしょうね？　いきなり息子とは思わないでしょうし」

「あ、そうか。親戚《しんせき》とか？」

「生き別れの弟とか」

普通はそうだよなー。

「それとも、似ていると思わないとか」

自分の顔と他人の顔を、そんなに見比《みくら》べるだろうか。似ていると感じたからって、どの程度のものかは判断しにくいし、しょせん他人としか考えないかもしれない。

「ということは、父としてみれば、いきなり知らないおっさんが目の前に現れたってことになりますね」

……何が面白いんだろうか、こんな小説。

いや、わかっていた。全然まとまっていないのだ。編集者に話すようなものではない。ただ、ずっと頭の中にあって、ぐりぐりとこねくり回し続けている。なんとか形にしたいのに、どうしても形にならない。

しかも！　こんな内容ではドラマにもならない！　おっさん二人の話なんて！　かわいい女の子もいない！　自分が女性だったら女子高生として出てくるけど、ムサい男子高生でしかない！　あ、妹がいた。

また声に出していたようで、ぶたぶたがケラケラ笑っている。笑い声は聞こえるが、口は開いていない。

「主人公は、どういう理由でお父さんに会いに行くんですか？」

ひとしきり笑ったあと、ぶたぶたは言う。

「うーん……」

今度は礼一郎が悩む。

この小説を思いついた時、真《ま》っ先《さき》に考えたのは、休みの日に父は何をしていたんだろう、ということだった。ギャンブルといっても、多分パチンコ程度だったはずだ。一日中出かけていたわけではなく、せいぜい二、三時間くらい。どこに行っているか母は把《は》握《あく》していたようだ。何か他にやましいことをしていた可能性だってあるかもしれないが、そんなことはしていないと礼一郎は思っていた。いやいや、この小説の主人公は思っている。

平日は遅くとも夜八時くらいには帰ってきていたし、会社帰りにどこかへ寄るということもなかったようだ。比較的近所への車通勤《つうきん》だったから、どこかへ寄ってもすぐにわかる。

しかも父は下戸だった。そうか、自分の体質は父のを受《う》け継《つ》いだんだな。

「今思い出しても父は、たとえば友だちとどこかへ出かけたり、家に呼んだり、連絡しあったりって全然なかったんです」

それは今も変わらないようで、両親ともにいつも家にいる。「旅行にでも行けばいいのに」と妹は言っているが、母はやっぱり今も疲れやすいから、長い外出をしたくないらしい。

「父は友だちがいなかったのかな、と思って」

友だちがいないのは別にいい。自分だってとても少ない。多ければいいというものではない。

でも、何かあった時に相談する人もいなかったんだろうか。父は小さい頃に両親を亡《な》くし、歳の離れた長兄《ちょうけい》夫婦に育てられた。高校卒業後、兄夫婦の元から独立し、故郷《こきょう》から離れて働きに出たらしい。

確か、昔は父の実家へ行った記憶がかすかにだがある。車で何時間もかけて行ったような。でも、小学生の頃には行かなくなっていたように思う。何か実家側の事情があったのか、それとも母が長時間車に乗れなくなったからか。もしかしたら、一人で帰っていた可能性もあるが、親代わりだった長兄はもう亡くなっている。

故郷には友だちがいたのかもしれないが、こっちに来てからはどうだったんだろうか。家で定位置にいつも座り、静かにテレビを見ていた父を思い出すと、どんな気持ちで毎日を過ごしていたのだろう、と考える。礼一郎からはわからなくても、楽しかったこともあったんだろうか。

「父と同年代の今の俺だったら、父の友だちになれるんだろうか、と思ったりしたんです」

「なれると思いますか？」

ぶたぶたの質問に、礼一郎は腕組みをする。

「いや、あなたはどう思いますか？」

質問に質問で返す。しかも同じもの。めんどくさい物言いだが、夢だからいいのだ。

「なんか……無理そうな気がします」

申し訳なさそうにぶたぶたは言う。目間のシワが八の字だ。

「……やっぱり？」

「いや、わたしはまだ湊さんのことそんな存じ上げませんけど、お父さんと湊さんはだいぶ違いそうだなって思いまして」

「そうなんですよ」

だいたい家に本もなかったし。活字はせいぜい新聞くらい。映画も見ないし、昔の人だからマンガなんて読んでいると怒られたものだ。体格も違うし、五年前までは顔も似ていないと思っていたのだから。似ているところは足の形くらい。

ただ、礼一郎の好きなものや好きなことに干渉《かんしょう》はしてこなかった。ある程度は許してもらっていたし、そういう点での抑圧《よくあつ》は受けたことがない。まあ、進路とかそういうものであってもだいたいそうだったのだが。おそらく、妹ほど手がかからなかったので――つまり、互いに無関心に近かったので――適当《てきとう》に許容していたというところなのだろう。

「でも、親子としてじゃなく、同年代の男同士としてなら話せるとは思いませんか？」

とにかく父と話した記憶がないから。今の父と話したいわけではない。話そうとしても続かないのだ。でも、こっちも赤の他人のふりをすれば、世間一般の常識として話すということはしてくれるだろう。外で知らない人としゃべったりするのは見たことがあったから、あんなふうには。

「そうですね。世間話から始めるって感じですか？」

「あ、『世間話から始めよう』ってタイトルにしようかな」

なんだか不器用なおっさん二人の物語にふさわしいタイトルな気がしてきた。

「いやー、でもラストとか全然浮かばないんですよねー」

ラストが明確にならないまま書き始めるというのも珍しくないが、それでも漠然《ばくぜん》と「こういう雰囲気の着地点」は予想していたりはするのだ。それすらない。

「こんなの売れないですよねー」

「いや、面白そうですよ！」

ぶたぶたが勇《いさ》んで言う。しかし、礼一郎は話していて気づいてしまった。

「それにこれ、全然自伝的な話じゃないですね！」

もちろん自分が主人公ではあるのだが、実際の物語のメインは、父と出会ってからではないか。そこに自伝的な要素はない。

自分でこねくり回している時は、まったくわかっていなかった。頭の中が整理されたようだ。

「それで、主人公はどうしてタイムスリップしてしまうんでしょうか？」

ぶたぶたの問いにきっぱり、

「考えてません」

その設定は後付けするしかない。

「自分の意志でタイムスリップするんですか？　それとも不可抗力《ふかこうりょく》？」

「不可抗力だと『戻れないかも』というハラハラ要素があるから、そっちの方がいいかもしれません。災害《さいがい》に巻き込まれるとかね。あっ、この間、昔とよく似た規模《きぼ》の台風が来たんですよ、ここら辺……」

今回はそれほど被害はなかったが、昔はたくさんの人が亡くなったらしい。ちなみに、父が三十九歳の頃に来たわけではない。

「なるほど、よく似た台風がきっかけ、と――」

ぶたぶたはノートにメモを取り始めた。布でぎゅっとつかまれたボールペンで、几《き》帳面《ちょうめん》に書き込んでいる様子を見ているうちに、なぜかアイデアが次々と浮かんでくる。

「誰かと入れ替わるとかいいかもしれませんね」

「誰かとは？」

「台風で行方不明になった――父の知人とか友人とか」

友人いないってさっき言ったが、実はいた、とか。

「主人公が三十九歳で台風に遭《あ》う――一方、父も三十九歳の時に台風に遭い、誰かが行方不明に？　その人と入れ替わるということ？」

ぶたぶたが確認しながらメモを取る。どんどん話が整理されていくな。

「あるいは、息子とか。いや、これはないな」

すぐに否定する。

「高校生の頃の自分が行方不明になって、そのかわりに大人の自分が現れるってことですよね？　いいじゃないですか。面白そうですよ。なんで『ない』んですか？」

ぶたぶたは驚いた顔で言うが、

「それは父の人生の大きな出来事になりそうだからです」

なる、とは断言できなかった。それくらい、自分は父のことを知らない。でもさすがに高校生の息子が災害で行方不明になったら、父だって平静ではいられまい。そう思いたい。

「なってはいけないんですか？」

なんかそれは違うと思う。過去へ行って父と友だちになるという、自分にとって特別だが父にとっては些細《ささい》なことを物語の中心にしなければならないのに、それが霞《かす》んでしまうような気がして。SF的見地からすると、若い自分はいない方がいいはずだし、その方が矛盾《むじゅん》しないのだが、それはたとえば母方の祖父母の家に避難《ひなん》しているとか、やりようはある。

そこまで考えて、はっと思い立つ。

「でも、それが父にとって些細なことだって設定でもいいかもしれない」

自分だと思うと、そういう発想を無意識に避《さ》けてしまう。だっていなくなった自分のことを「些細なこと」だなんて言いたくないから。

「なるほど、『息子の失踪が、なぜ些細なことなのか？』という謎なわけですね」

ぶたぶたはどんどんノートを埋《う》めている。

「いい柱になると思います」

「でも、まだラストは決まらないですけど」

まあ、いつものことだ。たいてい書いているうちに最適《さいてき》なものが突然湧いてくるのだ。礼一郎はそれを「ラストが走ってやってくる」と言っている。もちろん来ない時もある。そういう時はがんばって終わらせるだけだ。

「導入部《どうにゅうぶ》だけでも、充分面白そうです」

ぶたぶたはペンを置くと、にっこり笑った。ように見えた。

「こういう小説は、あまり書かれてないですよね？」

「そうですね」

SFとかファンタジー的なものは、作品としては発表していない。短編でも。でも、読むのは大好きだし、若い頃は真似《まね》して書いたものだ。

「新境地《しんきょうち》ということですか」

うれしそうな顔になっていた。点目が大きくなって、キラキラしているようにさえ見える。

「楽しみです」

「基本シリアスですけど、そうはなりきれないところがあるでしょうね」

自分のツッコミ体質からすると、全編シリアスにする方が書いていてつらそうだ。とにかくおっさん二人の話だし。

「そっちの方が絶対にいいと思います」

ぶたぶたはノートを読み返して、にんまりしているようだった。両目の下のシワがそう思わせる。

「で、スケジュールなんですが——」

「いや、忙しくてー」

一度言ってみたかった言葉をここぞとばかりに言ってみる。冗談《じょうだん》であるが、忙しいことは忙しい。今の段階では、最短で書き始められるのは来年だろう。売れっ子みたいだけど、実際はそれだけ仕事を入れないと食べていけない。仕事はなるべく断らないから忙しいのだ。

そんなようなことを話すと、

「それはもちろんかまいません。折々《おりおり》にご連絡させていただきますね」

そう言っていてそれっきり、という人もいたなあ——と遠い記憶をたどる。あの企画はまだ生きているんだろうか。でも、ここまで話を詰めてはいなかったなあ。やっぱり直接会って話したからなのだろうか。そうだとしたら、今日はとても有意義《ゆうぎ》だったと言える。

「よろしくお願いしますね」

「わかりました」

ただ、この作品には一つ、大きな問題がある。それを言うべきか言わざるべきか。

でもこれは夢だから、言う必要はないだろう。夢の中で、なかなかできなかったプロットをちゃんと組めるなんて、けっこう楽しかった。自分としても気持ちよく終わらせたい。メモしても夢の中では無駄になるし、なんとかして記憶しておくしかないなあ。起きたらすぐにメモらなければ。

　ぶたぶたが質問しなかったので、おそらく今のはただ漏れにはなっていないのであろう。言わないでおくことにした。

「帰る前に、おいしいご当地《とうち》グルメを何か食べたいと思ってるんですが、おすすめの名物やお店はありますか？」

　えっ、そんなことを訊かれるとは、思ってもみなかった。もうそろそろ覚めるかと。長い夢だ。

「ええと……そうですね」

　飛行機の時間を聞いて、これから行けそうな店をピックアップする。地元の人がいつも利用するなじみの店にこのぬいぐるみを連れていったら、びっくりするだろうか、と思ったが、夢だし、そんなこと気にしなくても平気なはずだ。

　そんなに時間がないので、とりあえず喫茶店から一番近いラーメン屋へ連れていった。最近東京にもできたとか言われているご当地ラーメンの老舗店だ。焦がしねぎ油がとても香ばしい。

「いらっしゃいませー」

入った時はそこそこ混んでいたのでそんなに注目されなかったが、カウンターのスツールにぶたぶたがぴょこんと飛び乗ったところを女将《おかみ》が目ざとく見ていて、固まっていた。

喫茶店のバイトの子と同じ反応だ。

あれ？　夢ならそこら辺もう少し適当じゃないかな。同じ反応をするなんて律儀《りちぎ》なこと、あるだろうか。それとも、明晰夢というのがこういうものなのか。意識的に整合性《せいごうせい》を取ろうとするとか、そんなこともあるのかもしれない。解明《かいめい》されている現象ではないし、個人差があるのは仕方がない。

カウンター内の店主はぶたぶたに気づかないようで、黙々《もくもく》とラーメンを作っている。女将がそれを運んできたが、ぶたぶたを見ないようにしていた。いないものと見なしたのか、それともさっきの反応がバグだったのか。どっちだろうか。

「わー、おいしそうですね！」

店主はこっちも見ずに「おいしいよ！」とか言っているが、これから食べるのがぬいぐるみとは夢にも思わないだろう。

ぶたぶたはスツールが低すぎるので、なんとリュックの上に立ち上がってラーメンを食べようとする。

「行儀《ぎょうぎ》悪いですけど、すみませんね」

バランス悪そうだが、グラグラすることもなく、割《わ》り箸《ばし》も両手で器用に割り、麺《めん》もちゃんとすする。

さっきの喫茶店では向かい側だったし、コーヒーしか飲んでいなかった。今は並んで座っているし、ちらちら横目で観察もできるが、やはり鼻の下のところに麺を押しつけると、ちゅるちゅると吸い込まれていくのしか見えない。口らしきものは認識できず、押しつけると消えるのくり返しだ。

その時気がつく。反対側に座っている若い女性もぶたぶたを凝視《ぎょうし》していると。そして、こっちにも気づいた！

目が合ったけれど、彼女も自分も同じようにぶたぶたとラーメンを見比べ、示し合わせたようにかすかな会釈《えしゃく》などをして、何もなかったかのように正面に向き直る。

一瞬だが、彼女と心で会話できた気がした。

『これは、ぬいぐるみですか？』

『はい、そうです』

みたいな英語の教科書的な棒読《ぼうよ》みだったとは思うが。

ぶたぶたと礼一郎がラーメンを食べ終わった時には、彼女は帰ってしまっていた。女将もいつもと変わらずに「ありがとうございましたー！」と言ってくれたが、珍しく外まで見送ってくれた。後ろからの視線は、どう考えても礼一郎ではなくぶたぶたに向けられていた。

「ありがとうございました。お話できてうれしかったです」

飛行機なら日帰りできる距離ではあるけれど、用事を済ませラーメンだけ食べて帰るなんて、あまりにも慌《あわ》ただしい。でも、彼も忙しいのだろう。

ぬいぐるみだけど。

「今日話した内容は、あとでまとめてメールでお送りしますね」

「はい、わかりました」

いつも打ち合わせの時は、礼一郎も自分の確認のためにまとめたものをメールで送っている。企画書まではいかないが、そう言って提出してもそれっぽく見えるようなやつ。

でも、今回はいいか。すぐに書けないし、まだまだ問題もあるし。夢の中で送ってもしょうがないので、明日の朝、メモをまとめよう。

「またご連絡します。お原稿楽しみにしています」

そう言って、ぶたぶたとは駅の改札《かいさつ》で別れた。

心地よい疲労《ひろう》と適度な満腹《まんぷく》を感じていた。言いたいことをみんな言った気がする。そして、自分の父親に対する複雑な気持ちにも気づいた。

いや、薄々《うすうす》わかっていたことだ。いつかそれを作品として昇華《しょうか》しないといけないことも。

複雑な気持ちというのは、親との関係があんなふうだったからこそ、今こうして小説を書いていられる、というのもわかっているからなのだ。

そろそろそれを書くための準備をしなければいけない時期に差し掛かった、ということなんだろう。そのために、こんな夢を見ている。

礼一郎は家へ帰り、夕食はちょっとつまむ程度にして、早めに風呂に入り、寝てしまった。夢だから、仕事もする必要ないよな。

すごく長い夢を見た、と翌朝起きて思う。

これはまれにみる大長編だ！　さっそく一気に夢日記を書き上げる。いつもはSNSにちょこちょこ書いているのだが、これはちょっと長すぎるので、

『めっちゃ長い夢見た！　しかも全部憶えてる！　小説のプロットもできて超お得な夢だった』

とだけ書いた。

すると、海老沼が、

『いいな、それ！　俺も夢でプロットできればいいのにー』

とレスしてくれた。

『夢にちょっと変わった編集者が出てきて、そのせいでイマジネーションが刺激《しげき》されたみたいですよ』

『どんな編集者？』

『それがなんと、ぬいぐるみなんですよー！』

そのあと、海老沼からのレスがパタリとやんだ。きっと仕事に戻ったんだろう、と思って、礼一郎も仕事を始めた。

午前中の仕事を一段落させ、少し早い昼を食べるか、それともコーヒーでも飲んでもう少し書くか、と迷っていると、メールの着信を知らせる音が聞こえる。

差出人の名前は「山崎ぶたぶた」だった。

一瞬、まだ夢の中なのか、と思った。しかし、数日前に受け取ったメールも、同じ名前だった、と突然思い出した。というか、今まで忘れていた。

思わず礼一郎は頬《ほお》をつねった。痛い。しかし夢の中かどうかを判断するのは、それしかないのか。

妻も子供たちも会社や学校に行っていて、家には礼一郎一人だ。確かめようがない。居間のテレビをつけて、新聞やカレンダーとも見比べる。昨日から日付は進んでいるが、いったい何を信じればいいのか。

その時、スマホが鳴った。誰かと思ったら、海老沼の名前がディスプレイに出ている。

「もしもし……」

恐《おそ》る恐る出ると、

『もしもしー、いきなりごめん。今大丈夫？』

と海老沼の陽気《ようき》な声がする。

「はい、大丈夫です」

『あのー、さっき「夢見た」って言ってたよね？』

いきなり言われる。

「ええ、はい」

『ぬいぐるみの編集者がいるっていう夢』

「はい」

『あれ、夢じゃないと思うよ』

「は？」

変な声が出た。

『ぬいぐるみの編集者が来たから夢と思ったんでしょ？』

「は、はい……」

『ぬいぐるみの編集さんっているんだよ。前から噂に聞いてたの。すごく優秀で優しい編集さんなんだって。俺は会ったことないけど、友だちがこの間、パーティで話したって言ってた』

礼一郎は、昨日ぶたぶたに会った時よりも混乱していた。なんでそんなことを海老沼がいきなり言うの？

『頬つねってごらん、痛いだろ？』

「もうつねりました……痛かったです」

『今俺と話してるだろ？　夢じゃないからな』

もう何がなんだか……本当に信じていいの？

「あっ、そういえば！」

さっきメールが来てたんだった。あわてて部屋へ戻って、メールを開いてみる。


お世話になっております。

昨日はありがとうございました。ラーメン、とてもおいしかったです。

お聞きしたプロットをまとめておきました。


そのあと、昨日確かに話した小説のプロットが記されていた。礼一郎は、さっき書いた夢日記とそのメールを見比べる。表記の違いなどはあるが、ほぼ同じだった。

「え、現実？」

『現実だよ！　どうした、大丈夫か⁉』

「……多分、大丈夫です」

プロットを読み直して、まともなことにほっとしていた。小説のプロットを夢の中で思いつくことはけっこうある。でも、その時は「傑作《けっさく》だ！」と思っていざ起きた時にメモしてみると、まったく支離滅裂《しりめつれつ》で「何が傑作だよ」とツッコミどころ満載《まんさい》のものでしかない。たいていそうなのだ。起きてがっかりすることしか今まではなかった。

このプロットのことを、夢の中では決して「傑作」と思わなかった。今も思わないが、ちゃんと書けばそこそこいいものになるかもしれない。そういう可能性が見えるものになっているのだ。

ということは、昨日のことは夢ではなくて現実……？

「ぬいぐるみの編集さんって名前なんて言うんですか？」

『友だちに訊いてみたら、山崎さんっていうらしいよ』

海老沼は多分、わざわざ調べてくれたのだ。申し訳ない……。

「山崎さんでした……」

ということは、昨日ずいぶんと失礼なふるまいをしてしまったのではないか⁉　メー

ルでちゃんと謝っておかねば！　でもそうするとなると、自分のアホな勘違《かんちが》いも書かねばならない。どうしよう⁉

『その人としゃべるだけで、発想がどんどんふくらんでくるって聞いたけど、本当？』

「そうですね……そうだと思います」

イマジネーションも刺激されたと思う。だから、ずっとこねくり回していたものがまとまったのだ。

『アイデア出してくれるの？』

「いえ……そんなには」

なんとなく話しているだけでまとまってしまった。これは編集としての能力なんだろうか。それともぬいぐるみとしての能力⁉

どっちなんだろう……。

「わざわざありがとうございました――」

ラーメン屋に行ったことを話したら、海老沼に今度ラーメンをおごることになった。ああ、あそこ、家族でいつも行ってるところなのに。女将になんて言えばいいのだ……。あっ、ぶたぶたがちゃんと座れるようにしてあげればよかった！

後悔と困惑と恥ずかしさでしばらくジタバタしているうちに、昼を過ぎてしまう。もう何か作る気力もなく、買い置きのカップ焼きそばを食べていたら、突然また思い出したことが！

あの作品には一つ、大きな問題があることに。

問題なのかな……。いや、自分にとっては大きな問題だ。

実は礼一郎は、あの小説を書くなら、父が亡《な》くなってからにしよう、と思っていたのだ。

でもその理由は、父に読まれるのが気恥《きは》ずかしいから、というものだ。父が自分の小説を読んでいるかどうかもわからないのに、そんなことを考えてしまっていた。読んでもらおうというか、読んでもらってもかまわないという気持ちに、いずれなるかどうかはまだわからない。

しかし、今後あのぬいぐるみの編集者に説得《せっとく》されてしまうのではないか、という恐れがあった。何しろあの点目を見ていると――なんだかいろいろアイデアが湧いてくるような気がするのだ。それと引《ひ》き換《か》えというのなら……。

とにかく、少し落ち着いて考えよう。どっちにしろスケジュール的にまだ書けない。

しかもこちとら遠方《えんぽう》の作家なのだ。そう簡単にはやってこないはずだ。あの点目――点目さえ見なければ。

しかし焼きそばを食べ終わってメールを熟読《じゆくどく》したら、

ラーメンとても気に入ったので、来月の出張《しゆっちょう》の帰りにまた食べに行こうと思っています。その時、またお会いできたらうれしいです。

とあって、礼一郎は頭を抱えた。

文壇カフェへようこそ

歳をとったら、カフェをやりたい。

というのが、今の仕事を始めた頃からの麻紀《まき》の口癖だ。

ひとときの癒《い》やしを求めて、カフェを巡《めぐ》る。それが自分の日常だった。いい感じのカフェへ、その日の気分に合わせて訪《おとず》れる。酒に走らなくてよかったと言えるかもしれない。お酒も飲むけれど、麻紀が求めているのは薫《かお》り高いお茶やコーヒー、そしておいしい食事とスイーツだった。メインが軽めでも、全体的に満足感のある食事を摂《と》ると、なんだろうか——安心感が生まれてくるのだ。一日に一度くらい、ちゃんとしたことがしたい、と思っているのかもしれない。

最近の一番のお気に入りは——というか、最近はそこにしか行っていない気がする。別の店へ行くのは、満席で断られた時だけ。そこへ行けば、ストレスが軽減《けいげん》されることが確実、とわかっているから。

とにかくマスターがいい。マスターと話しているだけで、いや、見ているだけで癒やされる。しかも、コーヒーもお茶も食事もスイーツもおいしい。麻紀の理想のカフェだ。自分で開きたいと思っていたカフェがそこにあった。でもそこは、自分で開こうと思っても絶対に無理なのだ。

なぜなら、そのカフェには、あのマスターが絶対に必要だから。

初めて行った時、麻紀は疲れ切っていた。

会社での仕事がうまくいっていなかった。高圧的な上司の古場《こば》からは、いつもダメ出しをされる。出した企画書がボツならまだしも、無視されていつまでも机の上に放り出したままだったり、確認書類も後回しにされたり——自分の仕事もあるのに、彼の雑用を先にやらされたりするのもザラだった。まるで麻紀を自分のアシスタントか秘書《ひしょ》だとでも思っているかのような扱いだ。

これはパワハラなのか、それとも自分がまだ未熟《みじゅく》だからなのか、と悩む毎日だった。

大きな出版社なので、異動《いどう》を希望すれば環境も変わるだろう。ただ、麻紀はどうしても文芸《ぶんげい》の仕事がしたかった。入社間もなくで念願叶《ねんがんかな》っての異動だったから、このチャンスからどうしても逃げたくなかったのだ。かばってくれる先輩もいるが、古場がまた仕事のできる男（有名作家やベストセラー作家の長年の担当）なので社内での声が大きく、逆《さか》らえる人が少ない。

その日は特に落ち込んでいた。仕事をしたいと思った新人作家のことで古場からひどいダメ出しをされたからだ。

「あんなの小説と思ってるようじゃ、お前はまだまだダメだな」

そんなことない。あの人の小説は面白い。そう思っても言葉にはできない。

「起伏《きふく》もないし、めんどくさいことをうだうだ書いてあるだけだよ」

「めんどくさいこと」じゃない。派手なことは起こらないけれど、誰もが抱えている悩みや問題を繊細《せんさい》な筆致《ひっち》で書いているのだ。

「すぐに消えるよ、あんなんじゃ」

そんなことない、と強く主張したかったが、経験不足の自分と古場の言葉では重《おも》みがまったく違う。そうじゃない、と心の中でくり返すしかない。

「お前、その作家に連絡取るために、嗅《か》ぎ回ってんだって？」

嗅ぎ回っているなんて――ただ、どうにかして連絡できるよう、周りにちょっと相談しただけだ。作家協会などに入っていると住所等がわかる場合もあるが、最近は非公開の場合も多いし、そもそもそういうものには入っていないようだった。ＳＮＳもブログもやっていないから、メールアドレスもわからない。

「あの作家の担当、俺の大学時代の後輩なんだよ」

え？　聞き間違いかと思った。え、これってもしかして——？

「俺ももちろん、その作家の連絡先知ってるよ。名刺交換したことあるからな」

「え、じゃあ——」

希望の光が見えた気がした。しかし、次の言葉にショックを受ける。

「けど、お前には教えない」

「そんな……どうしてですか？」

「俺に許可なく動いたからだよ」

許可なくと言ったって、社内でちょっと相談しただけだ。外の人には言っていない。しかも一回だけ。何も行動していない。古場がその人の連絡先を知っていることだって知らなかった。

今までは古場や他の編集者からの引き継ぎのような形で担当になっていたので、そろそろ最初から自分で作家とコンタクトを取って仕事をしたいと思っていたのに。もちろん、ちゃんと古場には報告しようと思っていた。然《しか》るべき時に。それが……ダメなの？　どうして？　そういう仕事はあたしにはできないの？

「でも……」

ショックのためうまく言葉が出そうになかったが、それでも食い下がろうとした麻紀に、古場は言った。

「とにかく、俺に無断でその作家に連絡取ろうなんて思うなよ。今までだって黙っててやってたんだ。次に俺が知ったら、わかってるだろうな？」

それを聞いた時、文字どおり頭が真っ白になった。正確には、そう言った時の古場の顔を見た時に。彼は笑っていた。笑いながらそう言った。しかし目を見開いていた。瞳《どう》孔《こう》が開いていて、まったく笑っていなかった。

そんな目、麻紀は初めて見た。小説によくある表現だけれど、目の当たりにすると本当に恐ろしく、結局何も言えないまま、編集部をあとにした。

そういえば、今までも同じようなことがあったような気がする。「この作家さんと仕事がしたい」と相談すると、いつの間にか話がすり替えられ、別の仕事を与えられていたような——その時は、「そういうものか」とあきらめていたように思うが、今回のはとてもこたえた。それは、あの作家の作品がとても好きで、本当に「この人の本が出したい」と心から望んでいたからだ。

やっとひどいことを言われた、と自覚したが、あの脅《おど》し文句が本気であるとなぜかわかっていたし、あんなことを言える人間を前にすると、人は力を奪《うば》われる。それがまた怖くて、麻紀の身体の震《ふる》えは止まらなかった。今まではいじわるではあるが、自分が未熟なため、仕事ができないため、と頭でむりやり理解しようとしていた。悪意があると思わないようにしてきた。

でも、そうじゃなかったらしい。今までずっと。麻紀が鈍感《どんかん》だから、わからなかっただけだった。相談した人は、どんな気持ちで麻紀のことを古場に報告したんだろうか。悪気はなかったのか、それともやはりあったのか。何人かいた時に何気なく話したのだが、その中の誰にそんな気持ちがあったのか——お昼時の休憩室《きゅうけいしつ》だったから、他の人に立ち聞きされたのかも。どちらにしろ、麻紀の落ち度だったのかもしれない。世間知らずで経験不足で、若く未熟な自分の。

帰り道、歩きながらいつの間にか泣いていた。このまま帰って家で寝てしまう方がいいのか、それともどこかに寄って、少し気をまぎらわした方がいいのか……どうしたらいいかわからないまま、麻紀は歩き続けていた。あてもなく。電車にも乗らずに。じっとしていることができなかったのだ。

　にぎやかな道を歩いていると人にぶつかってしまう（震えていて、うまく歩けない）。どこだかわからない裏道をよたよた歩いていると、古い雑居《ざっきょ》ビルの前の看板につまずき、倒してしまいそうになる。

　あわてて支えて、自分もなんとか倒れることなく体勢を整える。そこで初めて、看板の文字を読んだ。

「文壇《ぶんだん》カフェ……？」

　文壇バーなら聞いたことがある。行ったことは……新人の頃、一度だけ行ったけれど、非常に場違いに思えたし、すぐ帰ってきてしまったので、印象はほとんど残っていない。高級バーというのはこういうところなのか、とは感じたが――そういえば、古場に呼び出されてゲラか何かを届けに行ったのだ。いやなことをまた思い出してしまった。あのバーにはなんの恨《うら》みもないが。

　文壇カフェっていいな……。あたしもそういうカフェを開きたい。作家や編集者が集まってお茶を飲みながら穏やかに親睦《しんぼく》を深める。ここもそうなんだろうか？

文壇カフェはそのまま「文壇カフェ」という名前だった。確か似たような名前のカフェがあったように思うが、麻紀はそこにも行ったことがなかった。カフェ巡りが趣味なのだから、行ってもよかったのだが――もしかして、少しでも仕事から遠いところへ行きたかったのかな、と考える。

でも、ここには入ってみようと思った。それは、単にすごく疲れていたからだ。足の震えがいつの間にか限界に来ていた。手も震えている。しかもいい匂《にお》いがする。パンを焼いているような――お肉を炒《いた》めているような、とてもおいしそうな匂いだ。

よたよたと怖い思いをして二階へ上がる。店内は思ったよりもにぎわっていた。大きなガラス窓が鏡《かがみ》のように店内を映している。昼間はきっとすごく明るいだろう。目を引くのは、壁一面の本棚だ。その本棚も壁も、分厚い一枚板のカウンターもテーブル席も、みんな同じ木材らしい。磨《みが》かれてピカピカだった。壁際にはなんとハンモックがいくつか吊《つ》られている。あれは――もしかしてお一人様用の席？

コーヒーのいい香りがした。

「いらっしゃいませ」

若い男性が出てきた。

「一人なんですけど」

声まで震えているかな、と思ったが、そうでもなかった。ちょっと安心する。

「カウンターとハンモック席がございますけど、どちらになさいますか？」

ハンモック席も気になるが、初めて来たわけだし、

「カウンターで」

と答える。

案内された席に座り、店内を見回した。テーブル席はほとんど埋《う》まっている。ハンモック席は読書に没頭《ぼっとう》できそうだ。音楽はほとんど聞こえないくらいのクラシックがかかっている。これも読書の邪魔《じゃま》にならない。

「いらっしゃいませ。こちらがメニューです」

と声がかかり向き直ると、目の前にピンクのぶたのぬいぐるみがいた。

ばっちり目が合って、麻紀は硬直《こうちょく》する。ピンクというより桜色のバレーボール大くらいのぬいぐるみだった。黒ビーズの点目、突き出た鼻。耳は大きく、右側がそっくり返っていた。白いデニム地《じ》のエプロンをしていて、とてもかわいい。

……あ、下で誰かが持ってるのかな？　ハッと気づいて、少し力が抜ける。しかし、

「メニューどうぞ」

と濃いピンク色の布が張られた右手（?）で差し出され、また変な汗が出る。声もぬいぐるみから出ている気がする。しかも、渋い中年男性の声。

置かれているコップの水を一気に飲んだ。染み渡る。すごく喉が渇《かわ》いていたと初めてわかった。

ぬいぐるみはカウンター上に置かれているピッチャーを持ち上げ、空《から》のコップに水を注ぐ。ピッチャーとほぼ同じくらいの大きさなんだけど!? あぶなっかしくてハラハラする。でも、こぼれなかった。すごい。ちょっと感心。

ひづめみたいな手でそのコップを差し出し、

「お決まりの頃におうかがいしますね」

そう言うと、ぬいぐるみがカウンターからふいっといなくなった。人形劇で退場したみたいな動きだった。

しばらく誰も(何も?)いない空間を見つめ続けてしまう。どうしよう。なんだか動けない。目を開けて寝ているみたいな感覚だった。

その時、肩をポンと叩かれて、麻紀の身体から力が抜けた。

「大丈夫ですか……？」

隣に座っていた若い女性が声をかけてくれる。

「あ、大丈夫、です……」

むせそうになったけど、なんとか言えた。

「初めてですか？　このお店」

「は、はい、偶然《ぐうぜん》通りかかって──」

「偶然!?　それじゃあんなに驚くのも無理ないですよね」

驚いただけではない気がする。いろいろあって、一瞬脳《のう》のキャパが超えたんじゃないかな。声をかけてもらってほんとによかった。麻紀はそっとため息をつく。

でも同時に首も傾げる。「あんなに驚くのも無理ない」って言い方に。驚いて当然ということは──やはりあれはぬいぐるみなの？　錯覚《さっかく》とか幻覚じゃないの？

それを訊こうとしたら、

「あの、このハンバーグおいしいですよ。今月の新メニューなんですって」

とメニューを指差しながら、先に話しかけられてしまう。

「そうなんですか」

確かにおいしそうな写真だ。

「ディナーでしか食べられないメニューなんです」

「そんなに特別なんですか?」

「特別っていうか、ここは元々コッペパンサンドのお店なんです」

ん? 文壇カフェではないの?

「最初、食事のメニューはコッペパンサンドだけだったんですって」

女性はメニューをぺらぺらめくり、すごく普通で値段も手頃《てごろ》なコッペパンサンドが並ぶページで手を止める。コロッケ、ポテトサラダ、玉子サラダ、焼きそば、ナポリタン、ハムカツ等々。甘いのももちろんある。マーガリンとあんこ、ホイップクリーム、ジャム、フルーツ、チョコクリーム——甘いものはいろいろ組み合わせができるみたい。あ、揚《あ》げパンもある。なつかしい。

「ランチは今もコッペパンだけみたいなんですけど、夜は中に入れる具材を単品や定食として出してほしいって要望があって、ディナーメニューにしたんですって」

「へー」

はっきり言って、コッペパンサンドにはとても惹《ひ》かれる。さっき見たハンバーグもはさめるみたいだし。でも、定食にも同じくらい惹かれる。コロッケとかもおいしそう。

「あたしのおすすめは、ハムカツです。ハムの厚さがちょうどいいんです」

彼女は目をキラキラさせてそう言う。写真だけではおいしさはわからない（みんな「おいしそう」ではあるが）から、そういう情報はうれしい。

しかし、夜のハムカツはおつまみ的でもある。

「夜だし、ごはんを食べたいんですよね……」

「じゃあこれは？　ごはんとパン半分ずつもできるんですよ」

「ええっ」

よく見ると、小盛りのごはんとコッペパン半分がついたセットもあった。

「コッペパンに具材はさんで食べられるんです。セットにするとサラダついてくるし、ポテサラと玉子サラダも選べますから、好きなものはさめますよ」

満足感ありそうなメニュー！　炭水化物《たんすいかぶつ》とりすぎかもしれないけど！

セットには他にスープとドリンクもつく。飲み物も温かいカフェインレスのものが多い。最近、あまり眠れないので、夜のカフェインは控えているのだ。ジュースなどを頼めばいいのだが、温かいものを飲みたい時もある。そんな時は、仕方なく氷なしのジュースで我慢《がまん》する。

でもここは、ハーブティーとか代用《だいよう》コーヒーとか、デカフェのものも多い。

「決めました」

すると、呼んでもいないのに下からサッとぬいぐるみが現れた。ひゃああっと声が出そうになるのを必死にこらえる。やっぱ幻《まぼろし》じゃない！

「お決まりですか？」

いつの間にか手に伝票《でんぴょう》を持っている。どうやってボールペンを持ってるの……？

「ええと、ハンバーグの定食を……ごはんとパンのセットで……」

つっかえながらも言う。サラダはポテトサラダにした。

「お飲み物は？」

「あ、黒豆《くろまめ》コーヒーをください」

カフェインゼロの代用コーヒーだ。

「食後でよろしいですか？」

「は、はい」

点目をつい見つめてしまう。

ぬいぐるみは注文を確認すると、またシュパッと姿を消したが、奥に入っていくのが見えた。さっきもそうだったのかな。

「やっぱりびっくりしますよね、マスター」

隣の女性がまた話しかけてきた。

「え、マスター？」

あのぬいぐるみが？

「あたしも初めて来た時、びっくりしましたよ」

それはおそらく、誰でもそうだろう。しかし、そのあとの言葉にもっと驚いてしまった。

「でも、すぐに慣れますよ」

慣れる⁉　そんなわけはないだろう⁉　何を言ってるのこの人は⁉

「じゃあ、ごゆっくり」

そう言って彼女は帰ってしまった。その時になって、訊きたいことがたくさんあることに気づいた。あのぬいぐるみのマスターについても、「文壇カフェ」の意味も、なぜコッペパンなのかも——しかし、彼女は行ってしまう。

見送ってから、また少し糸が切れたようにぐったりしてしまった。しばらくうつむいていると、

「スープとサラダとパン半分ですー」

と若い男性が運んできた。ちょっとほっとする。これ以上心乱《みだ》されて、あたしもつだろうか……。

スープは胡椒《こしょう》のきいたコンソメで、かき玉子が入っていた。ああ……ファミレスのドリンクバーにあるようなスープだったが、なんだかとってもおいしく感じる。それは空腹《くうふく》のせいだろうか。それとも追い詰められた人間の本能の為《な》せる業《わざ》だろうか。

……単純においしいだけかもしれないけど。

サラダは生野菜の上にポテトサラダが載っている。ポテサラもごく普通の味のように思えたが、完全につぶしたものと形の残っているじゃがいもを混ぜているみたいだった。水気《みずけ》の出るきゅうりは入っていない。

パンは思ったよりも大きく感じた。ちょっとちぎってパンだけ食べる。

「あれ……？」

なつかしい味がした。なんだろうか、この……言っては悪いがパサパサ感。いい言い

方をすれば、軽いということだろうか。甘みはほとんどなく、ものすごくシンプルな味だった。パン自体を味わうのではなく、何かおかずがあってこそのパン。惣菜パンのためのパン、ということだが、給食《きゅうしょく》で食べたのもこんな感じだったと思い出した。

パンの半分に、ポテサラをはさんで食べてみる。さっきの女性が言っていたとおりに。あ、さっきはパンに甘みを感じなかったのに、ポテサラと一緒に食べると引き立つ。ポテサラの酸味《さんみ》が少し強いせいかもしれない。単品ずつで食べるとわからなかったが。

味わって食べていると、奥からぬいぐるみが歩いてくるのが目に入った。皿を持っている。ハンバーグが載っているから、あれは――あたしの？　ただの皿なのに、ものすごく重そうに見えるし、心配になってしまう。どう見ても転ぶフラグだろう。よりによってあたしのハンバーグで！　あたしのハンバーグが！

しかしぬいぐるみは転ばなかった。カウンターに近づくと一瞬見えなくなったが、たんっと軽い音がして再びぬいぐるみは現れた。

デミグラスソースのかかったハンバーグが静かに麻紀の前に置かれる。

「お待たせしました、ハンバーグです」

つけあわせは人参《にんじん》とインゲンとコーンというこれまたシンプルなもの。そしてごはんは小さな茶碗《ちゃわん》に盛《も》られていた。かわいい。カトラリーケースの中には、ちゃんとお箸もあった。

「ごゆっくりどうぞ」

ぬいぐるみはまた姿を消した。

一瞬、ハンバーグがとても小さく――つまり、ぬいぐるみの大きさに比例《ひれい》して見えたのだが、目をこらせばそこにはやはり、ぬいぐるみが持つには大きすぎる皿があった。幻覚――という言葉は捨て切れないが、お腹もすいているし、温かいうちにハンバーグを食べたい。その気持ちの方が圧倒的に強かった。フォークとナイフを手に取る。

ハンバーグはふっくらとしていて、とてもおいしかった。合挽《あいび》きかつ細挽きらしく、これがまたどこかなつかしい。揚げパンもあったし、「給食みたい」と言いたいところだが、それにしては味のレベルが高かった。シンプルだが長年愛されているレシピを丁寧に守って作っている、料理上手なおばあちゃんのハンバーグを食べて、「やっぱりこの味が安心できるなあ」という感じ。みたいな。

残りのコッペパンの半分にハンバーグをはさんで食べた。パンにソースが染みて、おいしかった。こういうのも見越してのパンなのだろうか。ここで焼いてるの？　それとも、どこかに委託《いたく》して作ってもらっているのかな？　持ち帰りのパンだと、あまり染みすぎるのはどうかと思うけど、それはどうしているんだろう？

疑問が頭の中を飛《と》び交《か》うまま、パンの切れ端《はし》でソースをすくってすべて食べてしまった。

とてもおいしかった。満足感たっぷり。

「お下げしますね。食後の黒豆コーヒーお持ちします」

ぬいぐるみが言う。その時、さっきの女性が言った「すぐに慣れますよ」という言葉を思い出した。

慣れるかどうかは別にして、驚かなくなっている。このぬいぐるみは、普通に接客しているだけなのだ。ただの店員さん。ちょっと変わっているだけだ。

――いや、ちょっとじゃないけど！　そう心から叫びたくなった。

あー、誰かと話したい。さっきの人がまだいてくれたら話せるのに。と言っても、カウンターにはもう自分しかいないから、自分から話しかける相手もいない。

黒豆コーヒーは、別の店員さんが運んできてくれた。飲もうとしてはっと気づく。この店のお客は、誰一人としてあのぬいぐるみに驚いていない！

いや、驚いていてもこっちがわからなかっただけかもしれないが（何しろ自分の驚きで精一杯だから）、雰囲気は特に変わりはないように思う。ひそひそ話をしたり、ぬいぐるみに視線が集まるとか笑ったりとか、そういうのもない……ように思える。初めてだから断言できないけど。

あのぬいぐるみは、この店に普通にいて当然の存在に違いない。異物《いぶつ》はきっと、麻紀の方なのだ。何しろ一見《いちげん》さんだからねっ。

黒豆コーヒーはおいしかった。実はこれ、見た目はコーヒーに見えるが、実際はお茶に近い。黒豆を煎《い》って粉末状《ふんまつじょう》にしたものにお湯を加えたもので、とても香ばしいが、やはり「コーヒー」ではないのだ。でも、麻紀は好きだった。カフェインはゼロだし、香りがいいし、ミルクと砂糖を入れるとほっと落ち着く味になる。黒豆だから身体にも優しい。

店で見るのは初めてで、うれしくなって注文したのだが、やっぱりおいしかった。

黒豆コーヒーを飲みながら読みかけの本を読む。古場にけなされた作家の新刊だった。連作短編集の最初の一編を読み終わるまで、麻紀はその店にいた。

短編のラストに涙ぐみながら黒豆コーヒーを飲み終わった時、気分がだいぶ楽になっていることに気づいた。たくさん食べて、身体も温まっている。食べすぎたかも、と思うが、ダイエットなんて明日からすればいい、という気分にもなっていた。あの会社に入ってからだいぶやせたのだ。脂肪《しぼう》の貯金を引き出したところで、まだ赤字にはならない。

そして、やっぱりこの作家さんと仕事がしたい、と麻紀は思った。

「ごちそうさまでした」

立ち上がってレジへ行くと、そこにはぬいぐるみがいた。

「またどうぞ」

そう言って、ちょっと笑ったように見えた。多分、気のせいだろうけど。

結局、その夜は、この店がどんなところなのか、というのは聞けぬまま、帰ってきてしまった。

気になったし、気に入ったので、次の週にまた行った。今度は午後に。遅いお昼を食べに寄ったのだ。

店はこの間よりはすいていた。でも、充分にぎわっている。一人なので、またカウンターに座る。

ランチなので、コーヒーが飲みたい。その前に食事だ。ランチは聞いたとおりにコッペパンサンドのみ。今日はハムカツサンドを食べると決めてきたのだ！

そう勇んでいた麻紀の前に「カレーコロッケ」という新メニューが。

「けっこうピリ辛に仕上げてあります」

とぬいぐるみは言う。

すごく悩んだが、初志貫徹《しょしかんてつ》、ハムカツにした。

待っている間、普通なら本を読むのだが、今日は好奇心丸出しで店の中をきょろきょろと観察してしまう。壁に「おすすめの組み合わせ」が貼ってあった。その中に「カリカリスパムと玉子サラダ」を見つけて、身悶《みもだ》える。

ハムカツサンドは、この間会った女性が言ったとおり、おいしかった。カリカリの衣《ころも》に絶妙《ぜつみょう》な厚さのハム。厚すぎず、薄すぎない。いや、もちろん人により好みはあるだろうが、麻紀にとってはちょうどいい。ソースの甘みがまた、こう言ってはなんだがチープさをわずかにかもし出す。部活の帰り、夕食まで待てなくてお店の前で貪《むさぼ》るパンの味がする。あそこまでお腹がすいていないのに、同じように頬張ってしまう。

コーヒーもおいしかった。こちらは一切妥協《だきょう》のない味だ。いや、コッペパンが妥協していているわけじゃないよ！　なつかしさやチープさをも計算され尽くしているような味ということなのだ。

それにしてもこれだけコーヒーがおいしいとなると、何かスイーツも食べたいところである。ここに来ると食欲が戻る気がする。これから会社に帰り、自分のペースでできない仕事をするしかないのだから、何かエネルギーをチャージすべきではないか？

「あの、コーヒーのおかわりをください」

ブレンドは割安《わりやす》でおかわりが頼めるので、つい注文してしまう。会社に帰りたくない……。そんなことを考えると、気分がどんよりしてくる。

「どうぞ」

目の前にコーヒーが置かれた。この声——あのぬいぐるみだ。顔を上げると、点目とまた目が合った。

「またお越しいただき、ありがとうございます」

憶えているのか、あの点目で！　記憶力——というか脳——はどうなっているのか。

彼の存在はとても興味深いが、今日はそれよりも優先したいことがあった。ショックにのまれていると、また聞きそこねてしまいそう。

「あの、いろいろ訊きたいことがあるんです」

「なんでしょうか？」

きょとんとした目を見ていると、「どうしてぬいぐるみなんですか？」と訊きたい気持ちに圧倒されるが、職業柄やはりこっちを訊かねばならない。

「どうしてここは『文壇カフェ』って店名なんですか？」

それに対する答えは麻紀の予想を上回っていた。

「ああ、それは、わたしが元編集者だからです」

……え？

「文壇バーがあるなら、文壇カフェもいいかなあ、と思って開いたんです」

ちょっと待て。いろいろツッコミどころが多くないか⁉

まず一つは、ぬいぐるみが「元編集者」であるということ。そしてもう一つ。まるで自分でこのカフェを開いたような物言い。ぬいぐるみがカフェを開くってどういうこと⁉　それを言うならぬいぐるみがコーヒー運んでくるのもどうなの⁉

……と、結局一番に訊きたいことに戻ってしまうのだった。

「そうなんですか」

しかし態度には出さない。というより出せない。どう話したらいいものか。もし本当だったら、業界の大先輩ということだし。声から感じられる年齢からすると。

はっ、そうか。

「あのっ、あたしも実は編集者なんです」

とりあえず正体は明かしておこう。

「おや、それはそれは」

点目がちょっと見開かれたように感じたが、やっぱり気のせいかしら？

「よろしくお願いします。わたしは山崎ぶたぶたといいます」

名前——普通ならペンネームだろうけど、どう見てもこれは本名……。まさに名は体《たい》を表しているな、と思う。

「あ、堀川《ほりかわ》麻紀です——」

名刺を差し出す。

「おおー。わたしが勤めていたのは——」

某《ぼう》大手の社名を告げられる。いわゆる競合《きょうごう》他社《たしゃ》というやつだが、辞められているならそれはいいよね。

「あ、そうなんですか……」

もう混乱してしまって、同じようなことしか答えられない。

「実は偶然ここに入られたとか？」

「はい、たまたま通りかかって――」

ん？　その話はあの女性にしかしていないはず。あ、もしかして会話を聞いていたのかもしれない。下に立っていてもわからないし。でも、「入られたとか？」ってたずねただけかもしれないなあ、わからないなあ。

「やはり、作家さんが集まるカフェにしたかったんですか？」

「そうですね。気軽に語り合えるというか。わたし、元々料理が好きで、ずっとカフェを開こうと思ってたんですけど、その時点では普通のカフェにしようと思ってたんですね」

料理が好き――またまた大きなツッコミどころが！　この大きさで、あの手（？）で料理だなんて、いったいどうやるっていうんだ！

「でもある作家さんが、若い頃仕事に関する不安を話せる場所がなかった、と言っていたのを聞いて、作家さんだけでなく、出版関係者の悩みや愚痴を言えたり、交流する場があってもいいんじゃないか、と思って、『文壇カフェ』って店名にしてみたんです。別に名前はなんでもよかったんでしょうけどね。よりわかりやすくしてみました」

「文壇バーではなく？」

まあ、ぬいぐるみ的にはバーよりカフェという雰囲気ではある。この外見のかわいらしさからして。

「バーは敷居が高い気がしますし、お酒飲めない方もいますから。カフェなら昼間でもふらっと立ち寄れるじゃないですか。もちろん、近辺《きんぺん》の方に限られてしまいますけれど」

そうね……。

「今はSNSもあるから、そちらで愚痴も言えるでしょうし、それはそれでちゃんとガス抜きになりますが、口に出して言うことには独特の効果がありますからね。どちらにしろ、何かしらの息抜きのお手伝いができればいいかなと」

「ここにはいつもいらっしゃるんですか？」

いらっしゃるというより「置いてある」って感じだが。

「そうですね。なるべくいるようにしています。料理も担当していますし」

料理も担当……「も」ってなんだ、「も」って。他にも担当があるってこと？　えっ、てことは、この間食べたハンバーグもこのぬいぐるみ——ぶたぶた作ということなの⁉

どんどん訊きたいことがたまっていくが、次の質問で一気に気持ちがしぼんでしまう。

「この間いらした時は、だいぶお疲れのようでしたね？」

「はあ……そうですね……」

そう問われて言い繕《つくろ》えるほどの気力はない。だって疲れてたし。多分、誰が見ても
そう思ったはずだ。だから、あの隣の女性だって声をかけてくれたんだろう。

「お話ししたいことや質問がありましたら、遠慮なく言ってください」

「はい——」

どうしよう。会社でのパワハラを言うのははばかられる……。でも、少し話がしたい気分でもあった。このカフェのことと、このぬいぐるみのことが気にならないわけがない。

「あの、どんな方がいらしているんですか？」

だから、そんなことを訊いてみた。

「作家の方も編集者の方もいらしてますよ。今後はトークショーとかのイベントも開けるといいなと思ってます」

ああ、それはいいな。あたしも、担当できたらここで作家さんのイベントをやりたい。担当できたらだけど……。

「新人の作家さんが口コミとかＳＮＳで広げてくださって、来てくださるんです。仕事をしてたりもしますよ」

「アドバイスを求められたりとか？」

「作品の中身に関しては、基本的に触れないようにしてます。それより、ストレス解消の場として来ていただいて、すみやかに原稿に戻れるようにと心を砕《くだ》いていますよ」

「じゃあ、たとえば担当の人とうまくいかない、とかは——」

「そうですね。どう伝えたらいいのかわからないとか、相談されますね」

「そうですよね……」

まだ麻紀もシミュレーションの段階だ。経験がないから、古場に何か言われてもパワハラなのか本当に実力が足りないのかというのがわからない。

「新人さんだと、どちらも経験ないですもんね……」

と独り言のように言ってしまう。一緒に仕事がしたい新人作家は、同じ出版社から二冊しか本を出していない。二冊じゃまだわからない、と古場は言いたいのかもしれない。でも、「作家はいつ化《ば》けるかわからない」とも言っていたではないか。「化けないまま消えていく人も多いけど」とかも言っていたが。

何が正しいのだろう。自分でやりたいと思うことも信じられなくなってくる。

「やはり新人さんだと、編集さんもその人しか知らないわけですし、その人の言うことを絶対と思うこともありますし、自分が不満に思っても何が正しいかわからなくなることとありますよねえ」

今自分が思っていることと同じようなことをぶたぶたは言う。

「新人の編集も同じです……」

思わず涙ぐみ、あわててまばたきをしてごまかす。

「お仕事についての悩みがありますか？」

そう促《うなが》されて、麻紀は愚痴を言ってしまおうか、と思う。でも、こんなところでほとんど知らない人に言うなんて……。社名も言ってしまったし、ああ、名刺渡さない方がよかったかな。いや、匿名《とくめい》であっても、古場のことを知っている人がここにいる可能性もある。そんなに具体的なことは言えない。

「……一緒に本を作りたい作家さんがいるんです」

確かに古場とのことも深刻な悩みだが、悩みの真ん中にある一番大きなことはこれなのだ。

「でも、いろいろあってまだ実現しなくて」

その「いろいろ」はまだ言う勇気がない。

「そのうちチャンス来ますよ」

当たり障りのないことを言われる。そうだよね、それくらいしか言えないよね。

「そうだ、ランチ、とてもおいしかったです」

自分が暗い顔をしていると自覚していたので、むりやり話題を変えた。

「どれにしようか迷いましたけど、最初から決めていたハムカツにしました」

「決めてたんですか？」

ぶたぶたは笑っているように見えた。しかもとても楽しそうに。

「この間、初めて来た時、隣に座ってる人にハムカツをすすめてもらったんです」

「ああ、なるほど。彼女はうちのハムカツ気に入ってるんですよね」

あの人も作家とかマンガ家とか、あるいは麻紀みたいに編集者なんだろうか？　そういえば、業界に知り合いもあまりいないな……。忙しすぎて、そういう機会をだいぶ逃している。だいたい古場の仕事を押しつけられて帰れないとか、そんなのばっかりなんだもの。

「あの時、声かけてもらったのにお礼も言ってなくて——」

ちょっと後悔している。ぶたぶたに会ったこともだが、一番気持ちが落ち着いたのは、きっと彼女に話しかけてもらったからだ、とあとで気づいたのだ。

「会いたいですか？」

「そうですね。お礼を言いたいです」

「実はいらしてますけど」

「ええっ？」

一度会ったきりだが、人の顔と名前への記憶力には自信がある。編集者として必要なことだと思い、学生時代から訓練《くんれん》してきたのだ。さっと見渡してみても、それらしき人は見当たらない。でも——。

「ちょっと訊いてきましょうか？」

ぶたぶたは、壁際《かべぎわ》のハンモックのところへとことこと歩いていった。そうか、後ろを向いていたんだ。それじゃわからないはずだ。

しばらく二人で話したのち、ぶたぶたが戻ってくる。

「こちらにいらっしゃいます」

女性が立ち上がり、ノートパソコンとバッグを持ってやってきた。

「あー、この間はどうもー」

などとにこやかに言いながら。

「こちらのソファ席に座りますか？」

「いえっ」

と麻紀と彼女の声がかぶる。

「お昼休みなので……」

麻紀が遠慮《えんりょ》がちに言うと、

「あたしもそろそろ帰ろうかなと思ってたんで……」

と彼女も言う。

ぶたぶたはうなずくと、カウンターに新しい水のコップとおしぼりを出す。

「あ、コーヒーおかわりください」

「はい、お待ちください」

この間と同じように並んで座る。

「あっ、先日はお礼も言わずにすみませんでした」

と麻紀は頭を下げた。

「あー、そんなのいいんですよ。っていうか、あたし何かしましたっけ？」

若い、といってもおそらく麻紀と同年代であろうと見受けられる。

「いいえ、あの時お話しできて、助かったので」

「あー、ちょっと前のあたしみたいって思ったから――」

そう言いかけて、はっとした顔をする。

「なんでしょう？」

何を言いかけたのか気になる。

「いえ、あの……もしかして、作家さんですか？」

「え？　いいえ、違います。編集者です」

「あっ、そうなんですか⁉」

とても驚いた顔になる。

「この間、すごく悩んでるみたいに見えて、ぶたぶたさんも気を遣っているようだったので、てっきり作家さんなのかな、と思ったんです。編集さんだったんですね。そりゃぶたぶたさんもわかりますよね」

「……作家さんなんですか？」

「はい、一応。まだ新人なんですけど」

そして、「名刺作ってなくて——」と言いながら、本を一冊差し出した。その著者名を見て、麻紀は心臓が止まるかと思った。

一緒に仕事をしたいと熱望していた作家、塚田瑠璃子《つかだるりこ》だった。


そのあと、なんの話をしたのかよく憶えていない。こっちも名乗ったけれど、名刺を渡す勇気がなかったから、「ちょうどなくなってしまって」と言い訳をした。怪《あや》しさ満載だったが、瑠璃子は特に気にした様子はなかった。

二人で瑠璃子の著作についていろいろ話した。「面白くて」「大好きで」とか言いまくったように思うが、どうしても「仕事を一緒にしたい」とは言えなかった。

実はバッグの中にはこの間から読んでいる彼女の新刊も入っていた。読み終わるのがもったいなくて、ゆっくり読んでいるのだ。それにサインしてほしい、と思ったが、やはりそれも言い出せず……。いや、これは勇気というより、編集者としてってことかもしれない。

スマホに担当作家からのメールが来て、今の時間にようやく気づく。もう帰らなくちゃ！

「あの、さっきもうお帰りになるって――」

引き止めてしまったかな、と思ったが、

「あー、いいんです、それは。原稿が進まないんで帰ろうかと思ってただけなんで」

「新作ですか？　どちらから出るんですか？」

図々しいかな、と思いつつ、訊かずにいられない。

「えー……特にそういうんじゃないんです。ヒマになりそうなんで、好きなもの書こうかなって考えて」

え、どういうこと？　彼女の新刊、けっこう売れているはず。少なくとも引き続き新刊を出せるくらいには。作品の評価も高いし、ヒマになるどころかこれからどんどん忙しくなりそうなのに。

しかし、それを突っ込んでたずねることはできなかった。ここで「うちでぜひ!」と言えないところが麻紀の弱いところだ。古場に言われたことを引きずっている。怖いのだ。彼に逆らったら、本当にこの業界で仕事ができなくなるかもしれない。

それはいやだ。あたしは、本を作りたい。

結局、その日はそのまま会社へ帰った。瑠璃子とは連絡先も交換しなかったが、ここにはしょっちゅう来ているようだ。

「ぶたぶたさんにいろいろ話を聞いてもらっています」

彼女もいろいろ悩んでいるのかもしれない。でも、とりあえずは元気そうだ。ここに初めて来た時は、もっと悩んでいたんだろうか。あたしもぶたぶたさんと話せば、元気になるのかな……。


その週の土曜日、ようやく休みだったが、目を覚ますともう午後だった。

持ち帰っている仕事もあるし、ぐずぐずしていてもしていなくてもまた月曜日がやってくる。そう思うと、なんだか何もやる気が起きない。お腹もすいているのに、食べるない。

のがめんどくさい。

食べられそうなのは、文壇カフェのコッペパンサンドくらい。出かけるのは億劫《おっくう》だったが、麻紀はなんとか顔を洗い、着替えて外へ出た。ぶたぶたがいないかも、と電車に乗ってから思いついたが、行くだけ行ってみるしかない。

幸いにもぶたぶたはいつも（といってもまだ三回目だが）のとおりに働いていた。

ディナータイムの少し前の時間で、店は割とすいていた。これはもう、話してみるしかない、と思う。マカロニサラダサンド（脳に糖分《とうぶん》を！）を食べながら、

「あの……ご相談があるのですが」

と切り出した。

「はい、なんでしょう？」

麻紀は、どうしても一緒に仕事がしたい作家がいること、それを上司から反対されていること、作家の連絡先を教えてもらえないこと等々をつっかえながら伝えた。もちろん、古場の名前は出さなかった。

「これは、パワハラなんでしょうか……」

社内ではそういうことを受けつける部署もあるが、「あまりあてにならない」と先輩に言われたことがある。それはやはり、古場が実力のある編集者だからだ。

「うーん、そうですね。そうとも言えるかもしれない」

ぶたぶたは鼻をぷにぷに押しながら言う。

「一つ確認なんですけど、その仕事をしたい作家さんって塚田さんじゃないですか？」

「あっ……！」

こんなふうに絶句《ぜっく》したら、八割方認めたも同然ではないか。

「やっぱり。この間、とても楽しそうに話してましたねえ。塚田さんがあんなふうに人としゃべるのも久しぶりに見ました」

「塚田さん、この間言ってました。あたしが初めてこの店に来た時、『ちょっと前のあたしみたいって思った』って」

「そうですね。彼女もここに来た時は相当悩んでいたみたいですよ」

どんな悩みなのか、というのは個人的なことなので訊くわけにはいかない……。

「その悩みも含めて、あなたとちょっと前の彼女は似てますね」

ぶたぶたは言う。ということは、彼女もパワハラみたいなことに悩んでいたということと……？　この間言っていた「ヒマになりそうなんで」というのと関係あるの？　理不尽《りふじん》に干《ほ》されたりとか……？

「ぶたぶたさんはどんなアドバイスをしたんですか？」

「シンプルですけど、とにかく作品を書きなさいって」

それを聞いて、一人で壁に向かって原稿を書いていた瑠璃子の姿が思い浮かぶ。

「何かあっても、作品があればなんとかなりますよって言いました。いいものをどんどん書き溜《た》めておきなさい、いつでも読んでもらえるようにしときなさい、と言いました。作家さんにとっては、書き上げた作品が一番の頼みの綱《つな》なんです。ぶっちゃけ他になんにもなくても、それがいいものであるなら、それで充分なんです。どこに行っても通用しますからね」

「そうですね……」

古場が言っていた「作家はいつ化けるかわからない」というのはそういうことなんだろうと思う。不運が重なったりして仕事を失ったとしても、作品の力でまた立ち上がることができる。

「でも、編集者はどうしたらいいんでしょうか……？」

ぶたぶたはまた鼻をぷにぷにと押した。

「それもまたシンプルなことじゃないでしょうか」

それは……仕事を辞めろってことだろうか？

……わかってる。このまま仕事を続けていったら、疲れ切って壊《こわ》れてしまうということを。そうなる前に離れることが賢明《けんめい》だということも、わかっている。

でも、せっかくここまでやってきたのに、という思いがあるのだ。正当に仕事で古場の鼻を明かしたいという気持ちもある。瑠璃子と一緒に仕事ができれば、それが証明されるはず、と考えてしまうのだ。古場が許可してくれさえすれば、それでどうにかなるはず。

辞めたとしても麻紀がやりたいのは編集だから、またそういう仕事につけるのか、という不安もある。一からやり直しになるかと思うと、それもまた心折れそうになる。

「その上司の人を、あなたが信頼できるかどうかってところですよね」

「信頼……はよくわからないんですけど、すごく仕事のできる人なんです。そういう点では尊敬《そんけい》しています」

「でも僕、今の話聞いてて、ちょっと気づいたことがあるんですけど」

「なんですか？」

「失礼を承知で言いますけど、その上司の人、嘘ついてません？」

「え？」

どこが嘘？

「塚田さんと名刺交換したって言ってましたけど、塚田さん、名刺持ってないですよ。デビュー当時から作ってないって本人から聞きました」

「あっ――！」

そういえば、先日会った時も「名刺作ってなくて」と言っていた。その代わりに自分の本を出していたんだっけ。

「……上司はもしかして、塚田さんの連絡先を知らない？」

「けど、担当さんが後輩っていうのは本当かもしれませんよ。まあ、知ろうと思えばすぐわかるってことを『知っている』と言っていただけかもしれません」

ぶたぶたにそんなことを言われて、麻紀は身体から力が抜けてしまう。え、あたしそんなことにも気づかなかった？

「あれ？　あれ？　あれ？」

ひどくオロオロしてしまう。

「すみません、何かお酒を――」

飲んで少し気分を落ち着けたかった。

「ワインとかいかがでしょうか？」

なんだか手慣れた感じでおすすめメニューを差し出される。注ぐ姿や手順なども、以前テレビで見たソムリエそのもので、堂《どう》に入《い》っている。

「まるでソムリエのようですね……」

思わず口に出してしまう。

「いえいえ、ちょっと勉強したことがあるだけです」

またまたツッコミがいのあることを――。カフェじゃなくて、文壇バーでもよかったんじゃないの？　酒にくわしいぬいぐるみってどうなのよ？

いったいどれだけ質問をすれば、彼の謎は解けるのだろうか。あとでリストアップしとこうかしら。

麻紀はおすすめのグラスワインを飲み、ぶたぶたと本や映画のおしゃべりをして家に帰った。今朝目覚めた時は、月曜日がこの上なく憂鬱《ゆううつ》であったけれど、今は――楽しみとは言えないが、早く会社へ行って確かめたいことがあった。

結局、麻紀は会社を辞めた。

ぶたぶたと話してから、古場のことをもっと注意深く観察してみたのだ。そしたら、瑠璃子のことについての真偽《しんぎ》は結局わからなかったが、別のことが見えてきた。彼は、小さな嘘をちょくちょくついているのだ。麻紀に対してだけでなく、他の人にも。誰にでも、と言っていいかもしれない。

たとえば、行ったお店のミシュランの星を一つ多く言うとか。見ていない映画を「見た」って言うとか。あとネットのガセネタをドヤ顔で言ったりとか。

なんというか、あとで「勘違い」とか「気のせい」とか、聞いた方の間違いにすり替えられる程度のもので、つかなくてもいい嘘だし、バレることも多いのに、だったらなんでつくの？　という……。何を話していても、ささいなことを少しだけ盛って、自分の方が優《すぐ》れているとか得をしているように見せかけている。もしかしてあれが、いわゆる「マウンティング」というやつなのだろうか。誰にでもそれをせずにいられないの？

麻紀は今までまったくわからなかった。もしかして、他の人も慣れてしまって流しているだけかもしれない。

　仕事の点だけは尊敬しているけれど、なんだか麻紀はそんな彼に慣れたくなかった。あたしは、セコい嘘をつく人に体《てい》のいい小間使《こまづか》いのように使われるような人間ではない。それに、彼に逆らったからって業界にいられなくなるなんて、今時そんなことあるはずない。

　古場の下で働き続ければ、麻紀が一方的に疲弊《ひへい》するしかない。彼はおそらく、よほどのことがない限り辞めるようなことはないだろうし。

　担当作家の方には申し訳ないことをしたけれど、「また一緒に仕事をしましょう」と言ってもらえた。今の仕事は社内で引き継いでもらうしかないが、いつかまた改めて仕事ができれば——。

　就職活動は思ったよりも大変ではなかった。文壇カフェで声をかけてもらったのだ。そのあと、きちんと書類を送って面接をしてという手順は踏んだが、ほとんどぶたぶたとその友人という編集者に面接されたようなものだった。

　瑠璃子とも話をした。もちろんカフェで。真新しい名刺を差し出す。

「本当はご一緒に仕事をしたかったんですけど、言い出せなくてすみません。新しい職場で落ち着いたら、必ずご連絡します」

瑠璃子は、

「じゃあこのメアドに原稿送りますね」

とあっさり言った。

「この間書いてた原稿、終わったんです」

「えっ、ほんとですか？　でも――」

一応、文芸の編集として採用《さいよう》されたけれど、まだ何もしていない……。

「返事はいつでもいいんで、読んでください」

夢のようだった。誰も読んでいないこの人の新作を自分が最初に読めるなんて！

「ぶたぶたさんに聞きましたよ」

「え？」

「あたし、他の編集さんには名刺渡したことないんです」

「そうなんですか？」

「渡すなって担当さんに言われてたから」

……ああ、ぶたぶたが言っていた「担当さんが後輩っていうのは本当かもしれない」

って当たってたのかも。少なくとも、同じような傾向の人だったのだろう。

「そのくせ、好きなものは書かせてくれないし、なかなか原稿も読んでくれなくて。誰にも相談できなかったんです」

新人作家は、一人しか編集者を知らないから、その人の対応が業界の常識だと思いがちだ。

「SNSもやってらっしゃらないですよね？」

「それはあたしがあまり好きじゃなくて……やってたら教えてくれた人がいたかもですけど、その時はわからないから、こんなもんなのかなって思ってた頃に、ここに偶然入ったんです」

「塚田さんも偶然だったんですか？」

「そうなんです。でも、ここで会った作家さんとかマンガ家さんと話をしたら、けっこうそういう人多くて。宣伝もしてないのに。悩んでる人ホイホイだなっていつも笑ってるんです」

それを聞いて、麻紀も笑った。ここはどうしてそういう人を引き寄せるんだろう。ぶたぶたにそういう力があるんだろうか。

「はい、どうぞ。カリカリスパムと玉子サラダのサンドセットです」

ぶたぶたが瑠璃子の前にトレイを置いた。麻紀は今日、きなこ揚げパンを食べている。口の周りがきなこだらけだが、カリッと揚がっていてさらにふんわり軽い。甘くてコーヒーにすごく合う。

「おいしいものを食べると、悩みも忘れてしまいますよね」

麻紀の言葉に、ぶたぶたと瑠璃子はうなずく。

「ここに来る人は、悩んでいる時はおいしいものが食べたいって人ばっかりですよ」

とぶたぶたは言う。そういう人のために料理を作る彼がいるから、みんな惹かれてここへやってくるんだろうか。

「まああたしは、いい匂いがしたから入っただけなんですけどね」

瑠璃子の言葉に、麻紀は笑った。そういえば、あたしもそうだった！

流されて

その日の朝、福安《ふくやす》かほりは、一人で電車に揺られていた。

用事があったわけではなく、久しぶりに東京へ行ってみよう、と思い立ったのだ。昨日の夜、ニュース番組で原宿《はらじゅく》の映像が流れて、昔行ったことのあるクレープのお店が映っていた。全然変わっていない（もちろん改装《かいそう》とかはしているのだろうが）し、今も同じ場所にあると知った時、

「久しぶりに一人で原宿をぶらぶらしてみたい」

と突然思った。そしてすぐに「明日の休みに行ってみよう」と決心した。東京にはずいぶん長いこと行っていない。一人でなんて、独身の頃以来だろうか。思い立った場所へ気まぐれに訪れるのも、そうかもしれない。

通勤ラッシュを避けた時間帯だったが、電車はけっこう混んでいた。席はあいていないので、入り口近くに立って、本を読む。最近ハマっている海外ミステリーのシリーズだ。昨日は我慢したけれど、おとといは読み終わるまで夜更《よふ》かししてしまった。そうい

うことも久《ひさ》しくしていなかった。

子供の泣き声が聞こえる。

かほりは顔を上げた。少し離れたところに立って、小さな女の子をなだめているお母さんの困り顔を気の毒に思いながらも、微笑ましさを感じた。女の子はなかなか泣き止まない。ここで見つめていたら、余計お母さんにプレッシャーがかかる、と本に再び目を落とした時、

「うるせえよ、早く静かにさせろ！」

という男性の怒鳴《どな》り声が聞こえた。かほりは身をこわばらせて視線を戻した。

お母さんと女の子に「うるせえ、黙れ！」怒鳴り続ける男性は背を向けていたので年齢はよくわからないが、声はけっこう通っていた。その大きく威圧《いあってき》的な声が女の子には怖かったのだろう、泣き声が大きくなった。

かほりはとっさに母子の隣へ移動し、

「この子はうるさくありませんよ。あなたの声が大きいから、余計に怖がって泣いてるじゃありませんか」

と言った。カミカミだったし、声は震えていたが、冷静に言えたはずだ。

「なんだと、関係ねえババアのくせに！」

男性は矛先《ほこさき》をかほりに向けた。中年男性かと思ったら、けっこう若かった。イライラと身体を揺らし、口汚くかほりを罵《ののし》る。暴力を振るう気配はないが、いつ豹変《ひょうへん》するかわからない。足がガクガクする。

その時、

「動画撮ってるからな」

と後ろから声が聞こえる。高校生の集団がスマホを一斉《いっせい》に彼へ向けていた。顔を撮られたとわかった男性は高校生たちにも怒鳴るかと思ったが、突然無言になってそそくさと隣の車両へ逃げてしまった。

「何かあったら動画提供《ていきょう》するっすよ」

高校生たちはそう言って、名前と学校を教えてくれる。見せてくれた動画に、かほりたちの顔は映っていなかった。

座っていた人たちは、母子とかほりに席を譲《ゆず》ってくれた。

「あなた、勇気あるわね」

と言ってくれたが、これは勇気とは違う気がした。身体の震えはまだ止まらない。

「ありがとうございました……」

若いお母さんは涙を流しながらお礼を言ってくれたが、

「いえいえ……」

と返すのが精一杯だった。女の子は膝《ひざ》の上でお母さんにしがみついて鼻をぐすぐすしていたが、泣き止んでいるようだった。

「あたしがこの子をむりやり電車に乗せたから……」

今度はお母さんが本格的に泣き始めた。子供ではないから、声を押し殺してだが。

その姿に、かほりは胸が締《し》めつけられるようだった。さっきの男性が言った「うるせえよ、早く静かにさせろ！」という言葉は、かほりも浴びせかけられたことがあったから。見知らぬ男性ではなく、自分の夫から。

「用事があったから、乗っていたわけでしょう？」

なるべく静かに話しかける。相手の気持ちを荒立《あらだ》てないように。少し落ち着いて話せるように。つまりは、地雷《じらい》を踏まないように。

クセになっている話し方なのかもしれないが、こういう場合にも役に立つのかもしれない。初めていい方に解釈《かいしゃく》できたかも。

「ほんとは一人で出かけるはずだったんです。でも、子供を預《あず》かってくれる母がインフルエンザになっちゃって……」

肩をがっくり落とす。

「予定を延《の》ばせなかったのね」

お母さんはうなずく。きれいな顔をしているのに、意気消沈《いきしょうちん》していてもったいない。

「あんまり電車乗らないから、この子のテンションが上がっちゃって、大きな声出すのを叱《しか》っていたら泣いてしまって……」

女の子は、疲れ切って眠そうな顔をしていた。二歳？　三歳になったばかりくらいだろうか。かほりの息子は体格が昔からよくて、二歳の頃でももっと大きかったと思う。

「今日もこれから仕事なのに……仕事先の人が面倒見てくれるって言ってくれたんですけど、申し訳なくて……」

お母さんの不安な精神状態を子供も敏感《びんかん》に感じ取ったのかもしれない。

「失礼ですけど、なんのお仕事なの？」

少し話をすれば気がまぎれるかも。

「あの……なんというんでしょう。オー……試験があるんです」

「試験？　試験の監督《かんとく》？」

「いえ、わたしの試験です」

なんだかうまく想像できないけれど。

「でも、仕事先の人が面倒見てくれるって言ってましたよね？」

「そうなんです。迷惑かけることになってしまって……オー、試験にも受からないんじゃないかと思って」

「そういうサービスがあってじゃなくて？」

「いえ、緊急事態ということで、むりやり……」

つまり、試験の間は子供とは離れなくてはならない。他にももちろん受ける人がいるんだろう。その間は、試験会場の人が面倒を見てくれるけど、それはイレギュラーなことだと。

「その試験ってどのくらい時間がかかるの？」

「え、えーと……一時間くらい、でしょうか」

「一時間でも心配よね」

彼女はうなずいた。

「でも、しょうがないですから……仕事だし」

かほりは、実はちゃんと働いたことがない。今は親戚の手伝いをやっているが、役に立っているとは思えなかった。若くて子供も抱えているのに、この人は偉《えら》いな。

「もし行ってダメそうなら、帰ってこようと思ってるんです」

かほりだったら、ダメそうならば行くこと自体しなそうだが、

「少しでもチャンスがあるのなら、と思って、一応来たんですけどね。仕事はほしいので」

このお母さんは、子供のために働こうとしているのだ。かほりも昔は、息子のためと思ってしたことがたくさんあったが、それがそのとおりにはなっていなかった。思い出すと苦い気持ちが甦《よみがえ》る。

お母さんの降りる駅が近づいたらしく、子供をベビーカーに乗せて立ち上がろうとしたが、よろけてしまう。荷物もとても多い。

「わたしもここで降りるから、荷物持ってあげますよ」

かほりが申し出ると、彼女は申し訳なさそうな顔で頭を下げる。「すみません、すみません」と何度も謝る。「そんなに言わなくてもいいのよ」と言うが、言わずにいられれ

ない気持ちがわかるから、切なくなる。

もちろんかほりの降りる駅はここではないが、どうせヒマなので、荷物を持って送ってあげることにする。

「すみません、ありがとうございます」

「ついでですから、いいんですよ」

ベビーカーを押してしんどそうに歩く彼女のあとをついていくと、立派な社屋《しやおく》にたどりついた。出版社、と書いてある。

就職試験か！　それは大変だ。

吹き抜けのエントランスも広く、とてもきれいだった。ここの本を読んだことはもちろんあるが、どんな会社なのかなんて考えたこともなかったなあ。

「すみません、大極《おおぎわ》明咲《あさき》と申します。山崎さんとお約束しているんですが」

受付の人が何か書類を差し出し、お母さんがそれに記入する。

「そちらの方は？」

首からかけるカード（入館証《にゆうかんしよう》とかっていうんだっけ）を差し出しながら受付の人がかほりにたずねる。

「あ、ここまで送ってきただけです。すぐに帰ります」

かほりの言葉に、入館証はお母さんにだけ渡される。

「そちらでお待ちください。山崎が参ります」

待ち合わせ用のソファーに腰をおろして、彼女はため息をつく。

「ほんとにありがとうございました。ここまで送っていただいて」

「いえいえ、うまくいくといいですね」

などと話をしているうちに、女の子が起きたが、当然眠くてグズる。

「こんにちは」

かほりが声をかけると、ちょっとキョトンとした顔をして「こんにちは」と言ったが、

「でもさっき電車で会ったよ」

「そうよ。よく憶えてるね。偉いわー」

そう言うと、女の子はちょっと得意そうな顔をする。

「人見知りはしないのね」

「そうなんです」

息子は人見知りが激しい方だった。こういう場合、きっとまた泣いていただろうな。

「お待たせしました〜」

渋い中年男性の声がエントランスに響《ひび》いた。山崎さんか、と思い振り向くと、そこには誰もいなかった。なぜかぬいぐるみが一つ、置かれている。小さな桜色のぶたのぬいぐるみ。突き出た鼻と黒ビーズの点目がかわいい。が、

「すみません、マグノリア編集部の山崎です。大極さんですか？」

そのぬいぐるみはトコトコと歩いてこっちに寄ってきた。え、何？　こんな映画、この間見た気がする。それに大極って誰!?

――このお母さんの名前だった。さっき名乗っていたのを聞いたではないか。じゃあ、知り合い？　ぬいぐるみと？

彼女の方をうかがうと、かほりと変わらないくらい驚いているように見えた。目を見開いて、固まっている。

「きゃー！」

誰の叫び声？

女の子がベビーカーから飛び降りて、ぬいぐるみに駆け寄った。彼女はおそらく、そのままひっつかむつもりだったろう。しかしぬいぐるみはかろうじてそれを避けた。ま

るで猫《ねこ》みたいだった。

「なんでー!?」

そのあと、エントランスではぬいぐるみと女の子の追いかけっこが延々《えんえん》と続いた。かほりも大極明咲もどうすることもできない。女の子の髪と、ぬいぐるみの大きな耳としっぽがなびいているのを、ぼんやり見ているしかなかった。受付の人に助けを求めるように顔を向けたが、特に気にする様子もなく、淡々《たんたん》と仕事をしている。

他の訪問者にぶつかりそうになって、ようやくぬいぐるみが女の子を止める。その人もあまり気にしてなかった！　受付と同じ、ここの社員？　またはぬいぐるみに気づかなかったか。それくらい小さい。バレーボールくらいだろうか。本当に猫くらいだ。

「ここでの追いかけっこは終わり」

「ええーっ！」

超不満そうな顔をしているが、さすがに疲れたらしく、座り込む。それを見て、明咲が我に返り、女の子に駆け寄る。

「す、すみません……！」

どこを見て謝っていいのか、わからないらしい。

「いいんですよ。慣れてますから」

「慣れている……？」

「編集部には子連れで来る人が多いので、その時は面倒見てますんで」

「どうしてですか？」

かほりは、部外者だけど思わずたずねてしまう。しかし「どうして？」とはあまりにも曖昧《あいまい》な質問だ。自分はいったい何が訊きたかったんだろう？　どうして子連れで来る人が多いのか？　それとも、子供の面倒見るのに慣れているのはどうしてか？

あるいは、あなたはなぜぬいぐるみなのか？

しかし返ってきた答えは、予想外のものだった。

「以前は育児《いくじ》雑誌の編集をやっていたからです」

……あまり答えになっていないような気もするが、こっちの質問も質問だから、仕方ないか。

仕方ないのか!?

だいぶ混乱している。

「あっ、あなたもオーディションの方ですか？」

ぬいぐるみがかほりに向かって言う。オーディション？

「あ、あの、この方は電車の中でわたしを助けてくれて、ここまで送ってくださった方なんです」

いやがる女の子をむりやり抱っこしながら、明咲は言う。

「えっ、てっきりそうだとばかり。この年代の方、今回少ないそうなんですよ」

「そうなんですか？」

なんの話をしているの？

「あの、今日ちょっとお時間ありますか？」

ぬいぐるみが話しかけてくる。

「……なぜですか？」

時間はあるけど、原宿に行きたいのだ。

「モデルのオーディションに参加してみません？」

「えっ!?」

モデル!?　どういうこと!?　なんでぬいぐるみにそんなこと言われてるの？

「モデルってあの、雑誌で洋服着ている人のことですか？」

雑誌に出ている人はたいてい洋服着ているけれど。

「そうです。今日はプロモデルのオーディションですが、読者モデルも募集《ぼしゅう》していますよ」

プロとか読者とか、区別つかない。

「いきなりそんな――」

と言いかけてようやく気づいた。明咲の「試験」はオーディションのことだったのだ。どうりできれいな人だと思った！

「背も高いし姿勢《しせい》もいいし、服のセンスもすてきです」

「いやいやいや、モデルをやるような歳じゃないですよ！」

もう五十過ぎてるんだから！

「モデルさんの年齢はとても幅広いんですよ。あなたくらいの年齢の方もたくさんいます。それにあなた、雰囲気あります」

「雰囲気って……」

そんな漠然としたこと言われても、全然わからない。

「今までモデルだなんて、考えたことも……」

ない、と言いたかったけど――いや、モデルではなく……。

原宿にずっと行っていなかったのはなぜだったのか、とすごく昔のことを思い出す。

「とりあえず、上の控室《ひかえしつ》に行きませんか？」

そんなことを点目のぬいぐるみに言われて、かほりはついうなずいてしまった。受付をすませて、入館証をもらう。なんかかっこいい。こういうの下げたことない。

女の子は、明咲が差し出したおやつをむしゃむしゃ食べながら、

「さりはねえ、三歳になったばっかなの」

そんなことをぬいぐるみとかほりに向かって言っている。「沙莉」と書くそうだ。

「マグノリアは、今度新しく創刊する女性向けの雑誌で、四十代五十代を中心としたライフスタイルを提案するというコンセプトなんです。キャッチフレーズは『なんでも挑戦できる！』。モデルは三十代から様々な年代の方に紙面に出ていただく予定です」

ぬいぐるみ――ぶたぶたが説明してくれる。

控室には、たくさんの女性たちが集まっていた。二十代はいないかな？　三十代、四十代が中心らしい。五十代はかほり一人――って、ここに加わるつもりはないけれど。

「ここのフロアにはファッション雑誌と育児雑誌が入っていて、保育施設《ほいくしせつ》まではまだないんですけど、隣に畳《たたみ》の部屋があるんで、取材なんかで親子連れが来た時はそこで遊んでもらってるんです」

隣の部屋には、なんと他にも子供がいた。お母さんらしき人が付き添っている。

「取材でいらした方に、お待ちいただいてるんです」

「ぶたぶたさん！」

五歳くらいの男の子が喜びの雄叫《おたけ》びを上げて駆け寄ってくる。

「ぶたぶたさんと仲良くしててね。すぐに終わるからね」

明咲は沙莉に、

と言い聞かせ、何度も振り返りながら隣の控室へ行ってしまった。沙莉は承知しながらも不安そうな顔をしていたが、ぶたぶたに、

「なんの遊びが好き？」

と声をかけられると、とたんにうれしそうに「レゴ！」と答えた。

「じゃあ、レゴで僕の家を作って」

そう言われると、男の子と一緒にせっせと作り始めた。さっきの控室の人も、そして

ここにいるお母さんもだけど、みんな彼と会ったことがあるらしく、特に驚いていなかった。控室の奥の方まではわからないけど。

畳で足が伸ばせるので、ちょっとホッとする。かほりは料亭《りょうてい》で働いているので、畳には慣れているが、仕事中は和装《わそう》だし、こんなふうに座ることはできない。

「本当にオーディション受けませんか？」

ぶたぶたが言う。

「モデルなんてやったこともないし……」

「誰でも最初はやったことないですよ」

「でも……仕事もあるので」

「……そうですよね」

ぶたぶたの鼻が、しょぼんと下を向く。なんだかひどくかわいそうに見える。

それって、あざとい作戦なのかも、と思う。でもそれはそれで面白いし、やっぱりかわいい。その時、はっと思い当たる。

「あなたはオーディションの審査《しんさ》しないんですか？」

そう勧めるにしては、ここでのんびりしているではないか。

「あー、僕はオーディション担当じゃないんです。っていうか、ファッションページの担当でもないんですね」

「なんのページ担当なんですか？」

「育児とか料理とか、グルメ情報とか雑貨とか――そういう生活ページですね」

そういえば、前は育児雑誌にいたと言っていたっけ。とはいえ、結局、子供たちは二人で楽しく遊んでいる。しかもいつの間にか一人の若い男性が入ってきていて、子供たちの相手をしている。

「あの方は？」

「育児雑誌の編集部員です」

「なるほど、取材なさってるんですね」

「いいえ、サボっているだけです」

「えっ」

ぶたぶたの物言いに気づき、男性は「てへっ」みたいな顔をした。

「子供の相手をしていれば言い訳になりますからね。わたしも行き詰まった時などはそうしていました」

つまり、このぬいぐるみもこうしてサボったことがあると。

「もしかして今日も？」

「都合《つごう》よく利用させてもらって、申し訳ないなと思いますけど。お母さんはそれどころじゃないのにね。でも、ちょっとだけ気を抜いていただければ、というお手伝いを――という言い訳です」

男の子のお母さんは膝の上のノートパソコンを叩いている。もしかして仕事してるの？

「オーディション担当じゃないなら、わたしを推薦してもダメなんじゃありません？」

「いや、うちの編集長は新参者《しんざんもの》の言うこともちゃんと聞いてくれるんですよー」

小さな外見だけ見ていると万年《まんねん》新人に見えるが、声がベテランぽいのよねー。

「失礼ですけど、福安さんはおいくつなんですか？」

その質問をそのまま返したい、と思ったが、知りたいような知りたくないような気分にもなる。

「五十三です」

なので、とりあえず自分の歳を答える。

「お若いですね」

それはお互い様だが、ぬいぐるみにそれを言うのは躊躇《ちゅうちょ》する。若いというより、単純にかわいい。声とのギャップがありすぎる。

「メイクを研究してますから」

かほりはそう言って笑う。

「服装もうまくコーディネイトなさってる」

ファッション担当じゃないからお世辞《せじ》かもしれないけど、

「これも研究しました」

みんないわゆるファストファッションってやつだ。昔は夫がこういうかっこうを許してくれなかった。ブランドもの信者だったのだ。

「姿勢がいいのは、何かやってらしたんですか？　運動とか？」

「普段から着物を着ているからですかね。お茶やお花、日舞《にちぶ》とかもやってました」

これは両親の影響だ。免状《めんじょう》は持っているが、どれも好きではなかったので、その先生になろうとは思わなかった。

「運動もあまり好きではないですけど、ウォーキングは続いてます」

あてもなく散歩をする、ということも、ずっとできなかったことだった。

「これも失礼だったらすみません。もしかして、お嬢様《じょうさま》……？」

ぶたぶたの申し訳なさそうな質問に、ちょっと笑ってしまう。

「田舎の成金《なりきん》の娘ですよ」

家はすでに兄が継いでいるが、今はもう昔ほどお金があるわけではないらしい。よく知らないけど。

「今までモデルだなんて、考えたこともないみたいなこと、さっき言いましたけど、実はちょっと違うんです。芸能界にはあこがれたりしました。あの頃の女の子って、そういう子多かったですよね」

原宿に行ったらスカウトされた、なんて噂を中学の頃から聞いていて、行くたびに心が躍《おど》ったものだ。

大学に入ってもそんなことを夢見て、学校帰りに一人でぶらぶらしていたが、ある日ついに本当に声をかけられた。

「アイドルになりませんか？」

と言われて有頂天《うちょうてん》になる。でも、その場で返事なんてできるわけもなく、本物かどうかもわからない芸能事務所の名刺をもらって家へ帰った。

どうしよう、と悩んでいるうちにその名刺が両親に見つかる。叱られたり反対されたりということはもちろん頭にあったが、両親の反応はそんなのとはまったく違うものだった。

「こんなチャラチャラしたことを考えているんなら、早く結婚しなさい」

あれよあれよと地元の資産家の息子との見合いをセッティングされ、大学卒業と同時に結婚してしまった。

かほりは別に本気でアイドルになろうなんて思っていなかったし、芸能界にもそんなに興味はなかった。ただなんとなくあこがれていただけなのだ。スカウトされたということで、自分のことを「かわいい」と感じられた。家族にも言われたことがなかったから、とてもうれしかったのだ。

結婚話は強引に進んだけれど、「結婚」というものにもかほりはあこがれていた。これもまた、「お嫁さん」という夢をあの頃の女の子が小さい頃に抱いていたように。

でも、結婚生活は夢に描いていたようなものではなかった。結婚後、すぐに子供ができないことを舅《しゅうと》と姑《しゅうとめ》に責められ続けた。その苦痛を両親に訴《うった》えたが、「あちらの言うことを聞いて、我慢するように」と言われただけだった。

あとからわかったことだが、かほりの結婚は、双方の家の事業拡大のための政略《せいりゃく》結婚みたいなものだったらしい。夫の容姿はとてもよく、家も大きく立派で、いつも気前よくお金を使っていた。学生だからと親にいろいろ制限されていたかほりにとって、夫の家へ嫁《とつ》ぐことで自分の自由は保証されたと考えていた。

ある程度の打算《ださん》があっての結婚だったので、「我慢しろ」と言われればそうするしかなく、不妊治療《ふにんちりょう》をして息子を産んだ。

だが跡取《あとと》りを産んでも、いびりは別方向になっただけだった。ことあるごとにかほりの振《ふ》る舞《ま》いにダメ出しをし、服装や身につけるものは「当家にふさわしいもの」でなければ買うことを許されなかった。ふさわしいものであれば、金に糸目《いとめ》はつけなかったが、かほりのほしいものはほとんど否定された。

夫と義実家にいつも監視されているような生活だった。ちょっと太っても「みっともない」と言われ、息子の教育にもかほりの意向は反映されなかった。

そのあともやはり子供はできなかったが、息子がとても優秀に育っていくにつれ、「当家」にとっての自慢の孫になっていった。風当たりは多少ゆるやかになったが、それも息子が病気になるまでだった。十代の頃、その病気のせいで片足の膝から先を切断することになってしまったのだ。

掌返《てのひらがえ》しとはまさにこのことか、と思った。いい義足《ぎそく》もあり、息子の身体にも合ったので、日常生活は不自由なく行える。走ることだってスポーツだってできるのに、義実家は息子を無視し始めた。夫もだ。

そして夫から、「再婚したいので、家を出ていけ」と言われた。「ちゃんとした」息子がほしいらしい。もう相手も決まっていて、義実家も公認だった。

あまりのショックに気力がなくなり、数年寝たり起きたりの生活が続いた。その間、夫の愛人は子供を産んだが、女の子だった。

息子ははたちの誕生日に、

「父親とも祖父母たちとも縁を切る。もう会わない」

と言ってきた。かほりはそれを、ふとんの中でぼんやり聞いていた。

「母さんもそうしてくれ。もう自分のために生きた方がいい。そうしないのなら、母さんとも縁を切るしかない」

両親からは「離婚するな」と言われ、夫と義実家からは「離婚しろ」と言われ、どうしたらいいのかわからなくなっていたかほりだったが、息子のその言葉で目が覚めた。彼とは縁を切りたくなかったからだ。

弁護士を雇《やと》い、愛人の子供という揺るぎない証拠もあったので、慰謝料《いしゃりょう》をもらって離婚した。両親は激怒したが、彼らと仲の悪い叔父《おじ》を頼り、経営している料亭で働くことになった。それが、八年前だ。

両親とはしばらく疎遠《そえん》だったが、二人とも介護《かいご》が必要になり、かほりが面倒を見たことで、少しだけ関係は改善した。遺言書《ゆいごんしょ》を書き直し、遺産《いさん》のうち金銭分だけは残すという程度に、であったが。謝罪や労《いたわ》りの言葉は、最後までなかった。

元夫は愛人と結婚したが、その後生まれたのがまた女の子で、親とも妻とも関係がギクシャクしているという。子供は気の毒だと思うが、かほりにはもう関係ない。時代遅れなことにこだわっているうちに、勝手に没落《ぼつらく》するだろう。

息子は大学卒業後、スポーツトレーナーとなり、世界を飛び回っている。

かほりは生まれて初めて一人暮らしを始め、慎《つつ》ましく生活をしている。親の遺産や夫からの慰謝料にはほとんど手をつけていなかった。老後に息子に迷惑をかけないための資金だと思っているし、なるべくなら彼に残したい。

両親を見送った四年前から、少しずつ自分のために時間を使うことを覚えた。メイクや服のコーディネイトの勉強をしたり、好きな本を買ったり、映画館に行ったり、ウォーキングを始めたり。お一人様ばかりだが、それが今のかほりには贅沢なことだった。

一瞬のうちにいろいろなことを思い出したが、ぶたぶたには、

「昔、原宿でスカウトされたことがあって、ちょっとうれしかったんですよー」

と言うだけにしておいた。原宿には行っていないけれど、またスカウトされたみたいなものかなー。

「それならぜひ」

と再び言われたが、かほりは首を振った。若い頃はあこがれだけで行動して、失敗をした。アイドルになった方がよかった、と思うつもりはない。今は、自分の意志で何もかも決めたいだけだ。

「おうちできたよー」

子供たちがぶたぶたを呼ぶ。レゴで作られたおうちに「入って入って！」と言うけれど、これは……かなり小さくはないだろうか。

「ありがとう。入ってみるね」

どうやって――と思ったら、身体を文字どおり丸め、ぎゅうぎゅうになってむりやり入った。そして中で猫みたいに向きを変えて、窓らしき穴から鼻と点目を出した。余裕があるとは思えないのに。

「ちょっと狭いみたいだね」

突き出た鼻がもくもくっと動いてそんなことを言う。やっぱり。

「でも、入れたー！」

子供たちは大喜びだ。

そのあとはみんなでお絵かきをしたり、かほりがあやとりや折り紙を教えてあげたりした。ぶたぶたは、あやとりはさすがに無理だったが、折り紙はなんでも作れた。あのひづめみたいな手はどうなっているんだろうか。

結局、まったくの部外者なのに、明咲が沙莉を迎えに来るまで、かほりはそこにいた。戻ってきた明咲を見て、とても驚く。初めて会った時のヨレヨレな雰囲気はすっかりなくなり、はつらつとした輝きを放っていた。顔が変わるほどのメイクではなく、すごく自然に見える。でも、表情が全然違って見えるのだ。

「久しぶりのオーディションで、すごく緊張しましたー。目も腫《は》れちゃってたし」

十代の頃からモデルをやっていた人だったのだ。プロは違うなあ、と改めて感心する。

「オーディション、受けないんですか？」

明咲にも言われたが、かほりはやはり首を振った。

「モデルなんて、とても自分にできるとは思えないもの」

「でも、最初はみんなそうですよ」

それはさっきぶたぶたにも言われた。確かにそうなんだけど、かほりは今の生活がけっこう気に入っている。好きなことをやる時間がたっぷりあるのだ。

改めてそうぶたぶたに伝えると、

「残念です……」

と言いつつ、あきらめてくれたようだった。彼と明咲と連絡先を交換して、かほりは家に帰る。

結局、原宿には行かなかったが、それはあとでもいいか、と思う。今日はたくさん驚いたが、楽しかった。こんな日がたまにあってもいい。

明咲は無事にオーディションに受かり、沙莉も保育園《ほいくえん》へ入れることができて、さっそく働き始めたという。

　しばらくして雑誌マグノリアが創刊され、なぜかかほりの元にも送られてきた。明咲のすてきな写真が載っているのを、自分のことのように喜ぶ。彼女の――というか、モデルの年齢がみんなしっかり書いてあるのに驚く。三十三歳だったのか。メイクすると二十代でも通用したな。

　ぶたぶたからは創刊号にはさまれていた「いつぞやはありがとうございました」という短い手紙のみだったが、その二週間後、突然電話がかかってきた。

「着物モデルさんがなかなか見つからないんです」

　とても困っている声だった。どんな顔で電話しているか一発でわかるような。点目の上に八の字のシワができているんだろう。

「一回だけでいいので、撮影に協力していただけませんか？　バイト感覚で来ていただければ、あとはこちらで全部ご用意しますんで」

「でも、飲食店なんで休みが不規則なんです」

　バイト風情《ふぜい》に合わせてくれるはずはない、と思ったが、

「調整します！」

とすぐに折り返し電話をくれて、なし崩しに承知する羽目におちいる。

ということで、一日だけのアルバイトという形で、着物モデルを務めた。撮影はスタジオ内だけでなく、外でも行われた。ファッション担当じゃないと言っていたぶたぶたがなぜか立ち会っている。

「お願いしたのはわたしですからねー」

モデルさんは他にもいたが、自分で着られる人は少なく、着付けの人が大変そうだったので、なんとなくかほりも手伝ってしまう。

「着やすいですね、この着物」

母が残してくれた古い着物は、あらたまった席でとても重宝《ちょうほう》するし美しいが、やはりそれなりに重い。でも、新作だというこの着物は、軽くて着崩れしにくい。着付けもやりやすい上、家でも洗えるとは便利だ。

「これくらいの年代の方にこんなに上品に着こなしてもらえるなんて！」

メーカーの人が感激してくれた。着物に馴染《なじ》みのない若い人に向けて開発した着物なのだが、本当はもっと幅広い年代に着てもらいたいらしい。だから今回、雑誌で特集を組むことにしたのだ。マグノリアが設定している、忙しいけれどいろいろ楽しみたいという元気な年齢層にぴったりということで。

ほめられればやはり悪い気はしない。着付けの人からも、

「すごく早くて上手ですね！」

と言われる。仕事で着ているから、そりゃ早くもなるって。夏は料亭で浴衣《ゆかた》の着付けサービスもしているから、慣れているのだ。

でも、いざ写真を撮られる段になると緊張して笑顔が作れない。同じバイトでも、着付けの方ならよかったのに！　とさっそく後悔した。

しかし、カメラマンの横でぶたぶたが変顔《へんがお》しているのを見つけて、つい笑ってしまう。変顔というのか、柔らかい顔を上下に伸ばしたり、鼻をつぶしたりしているだけでも充分におかしいのだ。あれは、反則《はんそく》だろう。

笑っている間に撮影が終わってしまった。こんなのでいいの？

「自然な笑顔でよかったですよ」

と言われたけど……。

あとで、一緒に撮影したモデルさんが、

「ぶたぶたさん、新人モデルが来る時は、ああやってリラックスさせてくれるんですよ」

いのだ。

と教えてくれた。新人——いや、あたしはバイトだし！　これからもやるつもりはな

と思っていたのだが、ことあるごとにぶたぶたから連絡があり、やれ「人が足りない」とか「やはり着物はお頼みしたい」とか言われるようになった。かほりも休日はヒマなので、予定が合えば引き受けて——というのをやっているうちに、ある日、

「ファンレターが届きましたよ」

とぶたぶたが転送してきてくれた。

「えっ⁉」

封筒を開けて、叫んでしまうくらいびっくりした。何通も手紙が入っていた。みな美しい字の丁寧な文章だった。

読んでいるうちに涙が出た。

「凜《りん》とした雰囲気が好きです」

「着物がお似合いですね」

「体型がやせすぎていないので、すごく参考になります」

「笑顔がすてきです」

「私もあなたみたいに歳を重ねたい」

　この歳になって、こんなことを言ってもらえるとは思わなかった。何も考えないまま歳を取って、そのせいで苦労もしたけれど、それが無駄になっていなかった、と初めて気づく。息子の存在だけで充分幸せを感じていたが、今やっと、彼が言った「自分のために生きた方がいい」という言葉の意味がわかった気がした。

　今までできなかったことをやるだけでなく、新しいことをしてもいいんだ、と思えたのだ。

　ただまだ不安はあった。自分は流されやすい。自信があるとはとても言えなかった。やりたいことがモデルなのかと問われれば、躊躇なくうなずくことはできそうにないし、では他に何をしたいかというと、それもはっきりしない……。

　そんな話を、久しぶりに顔を合わせた明咲に話した。モデルの先輩として、聞いてもらいたかったのだ。

すると彼女は、

「昔、こういう言葉を聞いたんです。誰からとか、どこで見たかとかも忘れちゃったんですけど」

そう前置きをして、こう言った。

「『流されるのがダメなんじゃなくて、その流れを信頼できるかどうかが大切』なんですって」

その言葉を聞いて、かほりはすぐにぶたぶたの顔を思い浮かべた。今の流れは、彼が作っているようなものだったからだ。

そして、彼なら信頼できる、と即座《そくざ》に思った。

なぜだろう。お互いによく知っているわけではない。バイトのモデルと編集者というだけの関係だ。出会いも偶然で、まさに「流れで」つきあっているだけなのに。

「あたし、あの電車で怒鳴られた時、次の駅で降りて家に帰ろうと思ってたんです」

明咲は話を続ける。

「かほりさんがかばってくれなかったら、あたしは今ここで仕事できてなかったと思います」

あの時の言葉は、明咲をかばったものでも、勇気があったから言えたものでもなかった。かほりが若い頃、誰かに言ってもらいたかった言葉だったのだ。

「話しているうちに降りる駅に着いたから降りて、荷物持ってくれたからマグノリアに行って——って、それもあたし、流されたんだな、と思います。だって、ほんとは帰りたくてたまらなかった。怒鳴られたこともオーディションも怖かったから。

でもかほりさんがいい人だったから、ここまで来られたんだと思うんです」

ぶたぶたと明咲、この二人がいなければ、かほりの流れもできていないのだ。自分にはまだまだ自信がないけれど、この二人なら、信頼できる。それは、長いつきあいだけで生まれるものじゃないのだ。わかっていたことだけれど、かほりにはまるで初めてのことのように響いた。

それからは積極的に撮影に参加するようになった。叔父にも相談すると、

「今までお前は親や結婚相手の犠牲《ぎせい》になってきたんだから、これからは自分のやりたいことをやりなさい」

と言ってくれた。もちろん、料亭でも働いているが、今はモデルとの二足《にそく》のわらじと

いう感じだ。

「企画を出してみませんか」

最近、ぶたぶたにそんなことを言われた。彼担当のページでの企画ということだ。育児、料理、グルメ情報、雑貨——どれかと言われれば、料理だろうか。仕事柄、いろいろなお店にも行く。

でも、新しいことにも挑戦してみたい。文章も書いてみたい。パソコンもちゃんと使えるようになりたい。他にもたくさん——たくさんあった。まさにマグノリアのキャッチフレーズ「なんでも挑戦できる！」みたいに。

「何かやりたいことはありますか？」

ぶたぶたへの答えが一つに絞りきれないことに、かほりはわくわくしていた。

あとがき

お読みいただきありがとうございます。矢崎存美です。

今年二〇一八年は、ぶたぶた二十周年です。シリーズ通算《つうさん》二十九作となりました。光文社文庫から二十三冊、徳間文庫から六冊出ています（ぶたぶたの歴史については、前作『森のシェフぶたぶた』にくわしく書いてあります）。

二十九——やや中途半端な数ですね。どうせなら三十作としたかったところですが、それはまあ仕方がない。何しろなかなか波乱に満ちた二十年の間に書いていたらこうなった、という結果であります。

その締《し》めくくりは、初めてのトークショー&サイン会だったのですが、実はこの段階ではどのようになったかはわからないのであります……。

どんな様子だったかは、私のＳＮＳやブログなどを検索していただければわかるはずですが、次のぶたぶたのあとがきにも載せる予定です。

もう少しお待ちくださいね！


今回のぶたぶたは「編集者」です。

以前ツイッターで「編集さんをテーマにしたものを読みたい人いますか？」とちょっとつぶやいたところ、けっこう反響《はんきょう》があったので、書いてみたのでした。

よくよく考えれば、小説家にとって一番取材しやすいお仕事は「編集者」です。ただ、私がよく知っているのは文芸の編集さん。今回はそれだけではなくマンガや雑誌の編集さんについても書きました。もしおかしいところがあっても、担当さんがチェックしてくれる、という安心感あふれる（ありがとうございます！）。もちろん、会社や部署や各誌などでまた違うとは思うんですけどね。

出版関係者以外の人が抱《いだ》く編集さんへの印象とはどんなものなのでしょうか。私がデビューした頃は、かろうじて編集さんが原稿を取りに来る、という環境がありました。できるまで家で待っているとか、ホテルに缶詰《かんづめ》とか——アマチュアの頃にあこがれたものですけど、私自身は一切経験ないのですよねー。デビューして早い段階で「こういうエピソードは売れっ子だからこそあるものなのだ」と悟《さと》りました。あの頃からほとんど変わらない小説家生活を送っております。

SNSなどで、作家さんから「こういう編集さんがいる」とかいう話（たいていネガティブなもの）も出たりしますけれど、私はいわゆる自分と合わない編集さんに当たったことがなく、そういう点で苦労したことはないのです。ただ私の場合、相手からもし理《り》不《ふ》尽《じん》な要求などされても、その場ではやるふりしてシレッとやらないような人間なので——編集さんに限らず、そういう人にはそういう態度を取るってだけなんですが。そういう人って、手応《てごた》えのない相手にはすぐ飽《あ》きるからねー。

ぶたぶたは、そういう編集さんではもちろんありませんけど、世間が期待する編集さんのイメージとはズレがある——かもしれません。何しろぶたぶたですからね。

楽しんでいただけたらうれしいです。

今回もすてきな手塚《てづか》リサさんの表紙——ぶたぶたのネクタイ姿が凛々《りり》しくて、かわいいというよりちょっとかっこいいのもさることながら、実はなんと、原画を生《なま》で見ることができたんですよ！　手塚さんの絵は、鮮《あざ》やかな色合いが昔からすごく好きなんですけど、それをどんなふうに描いているのかというのが少しだけ垣間《かいま》見《み》られてとてもうれしかったです。それをなるべく忠実《ちゅうじつ》に再現した表紙にしようとしている担当さんにももちろん感謝です！

ぶたぶた二十周年の二〇一八年が暮《く》れようとしています。みなさま、ありがとうございました。

いや、別にこのあともぶたぶたは続きますけれども。少なくとも三十冊までは！　あるいは三十周年までは！

これからのぶたぶたの活躍《かつやく》にご期待ください。

解説　ぶたぶた二十周年に寄せて

大矢《おおや》博子《ひろこ》
（文芸評論家）

ぶたぶたさんと初めて会ったのは——という表現はおかしい。うん、おかしいことはわかっている。本当なら「ぶたぶたの物語を初めて読んだのは」と書くべきだ。

だが、ここはどうしても「ぶたぶたさんに会ったのは」と書きたい。このシリーズを一度でも読んだことのある人なら、この気持ちはわかってもらえるのではないかしら。

ということで、あらためて。

私がぶたぶたさんと初めて会ったのは、一九九七年九月に刊行された雑誌「メフィスト」（講談社）だった。「初恋」と題されたそのショートショートは、ぶたのぬいぐるみがベビーシッターとしてやってくるという素《す》っ頓狂《とんきょう》なもので、いや何これちょっと可《か》愛《わい》すぎませんかとのたうちまわったのを覚《おぼ》えている。

それから一年。面白い小説が出たよ、という噂《うわさ》が聞こえてきた。薦《すす》められて書店に行った私が目にしたのは、黄色いバックに薄《うす》ピンクのぶたのぬいぐるみのどアップ、透《とう》明《めい》カバーに印刷された「ぶたぶた」（ぶの濁点《だくてん》がぶたの鼻！）の文字も鮮烈《せんれつ》なソフトカバーの単行本。「あれかっ!?」と思わず叫んだ私を誰が責《せ》められよう。まあ店頭だったから書店員さんには責められるかもしれないが、買ったんだから許してほしい。

まさに「あれ」だった。「初恋」のベビーシッター山崎《やまざき》ぶたぶたさんは初単行本『ぶたぶた』（廣済堂出版→徳間デュアル文庫→徳間文庫）で、ある時はタクシー運転手、またある時はフレンチのシェフ、またある時は酔っ払ってそこらで寝ちゃうおじさん、またまたあるときは冬のプールサイドにテントを張って暮らす流浪《るろう》のスナフキン、など神出鬼没《しんしゅつきぼつ》のぬいぐるみとして読者の前に華々《はなばな》しく登場したのである。

続く『刑事ぶたぶた』（前同）ですっかりハマり、著者の矢崎存美さんに直接お会いすることもできた。もしかして待ち合わせ場所にバレーボール大のぶたのぬいぐるみが来たらどうしよう、と思っていたのだが、人間だった。その頃の私は「ぶたぶた普及《ふきゅう》王に俺はなる！」くらいの勢いで周囲に勧めまくっていたのだが、どうやらそういうルフィたちが日本中にいたらしい。これだけ面白くて可愛いのだから当たり前だ。

かくして、二十周年。

すごいなあ、二十年か。二十年といえば生まれた子が成人式だぞ、と当たり前の喩《たと》えしか思い浮かばないくらいすごい。これはもちろん著者の矢崎存美さんのたゆまぬ創作努力の賜物《たまもの》であることは論を俟《ま》たないが、ぶたぶたさんが大好きで、読み続け、応援し続け、支え続けてきた読者——あなたのおかげでもあるのだ。だから、矢崎さんだけではなく、私は今この解説を読んでくださっているあなたにも言いたい。

二十周年、おめでとう、と。

今更《いまさら》ではあるが、ぶたぶたさんについて簡単に説明しておこう。ぶたのぬいぐるみである。

……簡単すぎるだろうそれじゃ。

ぶたぶた誕生のきっかけは、モン・スイユというメーカーが出しているぶたのぬいぐるみ、ショコラだ。見た目は本文に登場する通り。矢崎さんはご自分が所有するショコラに「ぶたぶた」と名付けており、ショートショートのネタに困《こま》ったとき、ふと、これを主人公にしてしまえ、と考えたのだという。そしてぬいぐるみにおじさんの人格を与えて「初恋」を書いた。見た目はめちゃくちゃ可愛いぬいぐるみなのに、口を開いたら渋《しぶ》いおじさんというのがいい。それにしても、とっさの思いつきがこんなロングランになるとは。

ご存知の通り、ぶたぶたはさまざまな場所にさまざまな職業で登場する。あまりにバラエティに富《と》んでいるのでいちいち挙げないが、共通しているのは料理をはじめとする家事能力の高さと穏《おだ》やかな物腰《ものごし》（腰ってどこ？）、そして温かな包容力だ。

物語はどれも（ごくごくわずかな例外はあるが）ぶたぶたに出会った人の視点で進む。悩みや問題を抱えていた主人公が、ぶたぶたとの出会いを通して変化する――というのが基本の構成だ。

読みどころをあげるとキリがないのだが、まずどの物語を読むにしろ楽しみなのは、初めて主人公がぶたぶたと出会う場面である。この主人公、びっくりするだろうなあ……驚《おどろ》くぞ驚くぞ……ほーら驚いた！　わははは！　と何目線なのかわからない目線で動揺する主人公を笑ってしまう。お決まりの儀《ぎ》式《しき》なのだが、何度読んでも笑える。

しかも驚き方に主人公の性格が表れているからすごい、目の前にいるのに頑《がん》として認めない人もいたし、卒倒《そっとう》する人もいた。すんなり受け入れるおばあちゃんもいれば、ラノベの世界と混同《こんどう》して自分の「導《みちび》き手《て》」が現れたと興奮する中学生もいた。本書の「長い夢」の主人公は、これは夢だと決めつけた。喋《しゃべ》るぬいぐるみというトンチキな状況に主人公がどう折り合いをつけるか、そこから物語は始まっているのだ。

中でも面白いのは、ぶたぶたの言葉にいちいち地《じ》の文《ぶん》でツッコミを入れるタイプだ。過去のシリーズ作品のワンシーンだが、ぶたぶたに人間の妻がいて、子どももいると聞いたある人物がこんなことを考える。

「子供がどんな顔をしているのか見てみたい。人間なのか、ぬいぐるみなのか、その中間《ちゅうかん》なのか——中間て何だ?」

中間て何だ? というセルフツッコミに腹筋《ふっきん》がつるほど笑ってしまった。既刊《きかん》から名《めい》ツッコミをあげるとキリがないくらい、笑わせてくれるパートである。

もうひとつの読みどころはやはり料理描写《びょうしゃ》だろう。とにかく食べ物が美味《おい》しそうで、ぶたぶたがチャーハンを作れば私もチャーハンを作ったし、どら焼きを食べれば私もどら焼きを買いに走った。ただしこれはただ単に「出てくる料理が美味しそうなんだよね!」というだけのことではない。料理の描写は、それを作る様子や食べるときの気持ちも同時に描かれていることに注目。そこに登場人物の状況や性格が浮き上がってくる。

喜んで食べる、泣きながら食べる、ひとりで食べる、家族と食べる。味わって食べる余裕がないときもあれば、味わえる幸せを噛《か》みしめるときもある。

料理を美味しく楽しく食べられるというのは、体も心も健康な証拠《しようこ》と言っていい。だから辛《つら》い状態にある主人公がぶたぶたさんの料理を食べて美味しいと感じる場面を読むと、読者は無意識に安心するのだ。ああ、美味しいと思えるならこの人は大丈夫だ、と感じるから。だから本シリーズの料理の場面は素敵《すてき》なのである。

そしてもちろん、ぶたぶたさん自身の可愛らしさは言うに及《およ》ばない。もう彼の言動を読んでいるだけで癒《いや》される――が。だが。

私は、本シリーズがここまでの支持を得た最《もつと》も大きな理由は、これらの魅力だけではなく、別のところにあると思っている。

それは、本シリーズは決してぶたぶたの物語ではなく、あなたの物語である、ということだ。

前述したように、本シリーズはぶたぶた視点ではなく、ぶたぶたに出会った人の視点で進む。主人公はぶたぶたではなく、彼と出会った人々の方だ。主人公たちは何らかの悩《なや》みを——お気楽《きらく》なものから深刻《しんこく》なものまで——抱えている。

私はさきほど、「悩みや問題を抱えていた主人公が、ぶたぶたとの出会いを通して変化する」と書いた。大事なのは、ここだ。ぶたぶたが問題を解決してくれるわけではないのである。むしろ、ぶたぶたは何もしない。ぶたぶたはぶたぶたとして、その時の仕事をしているだけである。ハウスキーパーぶたぶたなら掃除《そうじ》をして、ドクターぶたぶたなら内視鏡《ないしきょう》手術をする。本書の編集者ぶたぶたは、作家や漫画家と打ち合わせをして、作品の構想に感想を言ったり書店でのプロモーションに付き添ったりする。

本当に書きたいものが見えていなかった作家や、極度《きょくど》の対人恐怖症《きょうふしょう》で自分に自信が持てなかった漫画家が物語の最後にどう変わったか、なぜ変わったかを、どうかじっくり味わっていただきたい。彼らは自分で変わったのだ。自分で変わるきっかけを見つけたのだ。

これがぶたぶたシリーズの真髄《しんずい》である。

私はかねてより「ぶたぶたは触媒《しょくばい》である」とあちこちに書いてきた。触媒とは、化《か》学《がく》反応においてそれ自身は変化せず、他の物質の反応速度に影響する物質のこと。「媒」はなかだちとも読む。触《ふ》れることで何かの変化のなかだちをするもの、だ。

これまで登場した主人公は皆、自分の悩みや問題を持《も》て余《あま》していた。どうすればいいかわからなかった。だがそれは言い換《か》えれば、どうにかしたい、と切望《せつぼう》していたということだ。そこでぶたぶたと出会う。ぶたぶたと出会い、話すことが、自分を見つめ直すきっかけになる。ぶたぶたの存在が一歩を踏み出すきっかけになる。

既刊のどの話だったか、ぶたぶたは「出会うと幸せになれるぬいぐるみ」と噂されている、という描写があった。だが実際は、「出会うと、自分で幸せになろうという気持ちになれるぬいぐるみ」なのである。ぶたぶたが何かをするのではなく、ぶたぶたと触れ合うことによって主人公自身が自分で考え、自ら変化する。ぶたぶたシリーズはそんな物語なのだ。

これがぶたぶたの物語ではなく、あなたの物語であると言った理由だ。

私たちは皆、悩みや心配事を抱えている。自分を変えたいと思うこともあるし、こうなりたいという理想に届かなくてヘコむこともある。でもそれは同時に、これから自分で変わることができる、自分で一歩を踏み出すことができるということでもある。

こちら側には、触媒になってくれるぶたぶたはいない。けれどこちら側の世界でも、私たちは私たちなりのぶたぶたを見つけられるはずだ。それは身近な人かもしれないし、テレビの向こうの人かもしれない。そして——小説かもしれない。この「ぶたぶたシリーズ」のような。

この世界には、ぶたぶたさんはいない。でも「ぶたぶたシリーズ」がある。

悩んでいるあなたが、辛い状況にいるあなたが、「ぶたぶたシリーズ」を読むことで少しでも癒され、そして少しでも前を向く気分になれたなら。この物語は、ぶたぶたさんそのものなのである。

そして——実はこれが大切なのだが——あなた自身も、誰かにとってのぶたぶたさんになれるかもしれない。いや、気づかないうちに、もうなっているかもしれない。あなたにその自覚はなくても、あなたの真摯《しんし》な言葉が、あなたの丁寧《ていねい》な暮らしが、あなたにとっては当たり前の心遣《こころづか》いが、誰かを変えているかもしれない。そんな「隠れたぶたぶたさん」が、この世にはたくさんいるのかもしれない。

二十年かけて、日本中のあちこちに、ゆっくりと、でも着実に、気づかないうちに、ぶたぶたさんが増えてきたとしたら。

——矢崎存美が為《な》したことは、実はかなりすごいことなのである。

光文社文庫

文庫書下ろし

編集者《へんしゅうしゃ》ぶたぶた

著　者　矢《や》崎《ざき》存《あり》美《み》

2018年12月20日　初版1刷発行
2022年10月10日　　4刷発行

発行者　鈴木広和
印　刷　萩原印刷
製　本　ナショナル製本

発行所　株式会社　光文社
〒112-8011　東京都文京区音羽1-16-6
電話 (03)5395-8149　編集部
8116　書籍販売部
8125　業務部

落丁本・乱丁本は業務部にご連絡くだされば、お取替えいたします。
ISBN978-4-334-77764-7　Printed in Japan

組版　萩原印刷